DE LA

BIBLIOTHÈQUE ROYALE

ET

DE LA NÉCESSITÉ

DE COMMENCER, ACHEVER ET PUBLIER

LE

CATALOGUE GÉNÉRAL

DES LIVRES IMPRIMÉS

PAR

M. PAULIN PARIS,

Membre de l'Institut,

Conservateur-adjoint au département des manuscrits de la Bibliothèque royale.

PARIS,

TECHENER, PLACE DU LOUVRE, 12.

1847

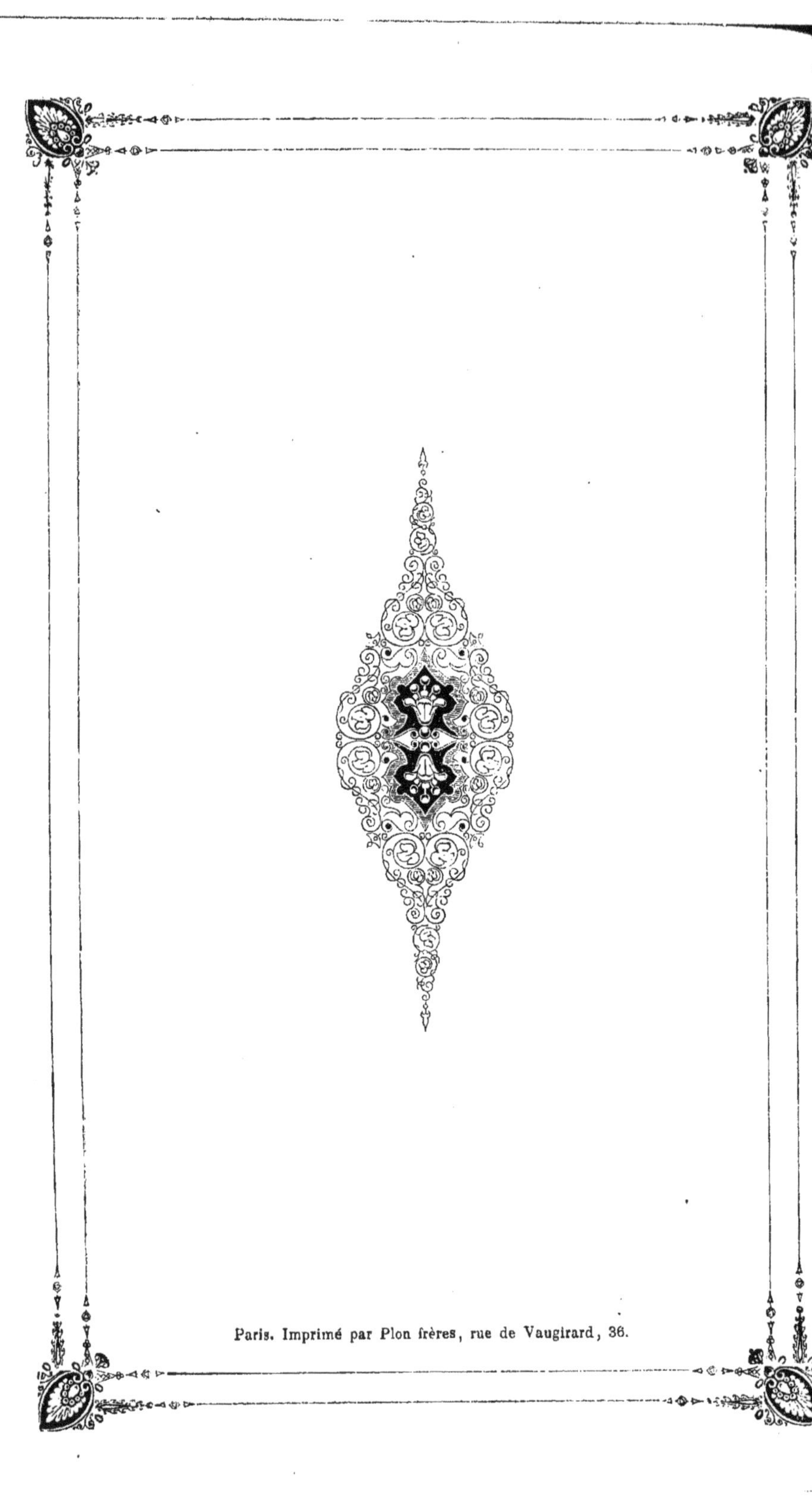

Paris. Imprimé par Plon frères, rue de Vaugirard, 36.

DE

LA BIBLIOTHÈQUE ROYALE

ET DU

CATALOGUE GÉNÉRAL

DES LIVRES IMPRIMÉS.

~~~~~~~

IMPRIMÉ PAR PLON FRÈRES, RUE DE VAUGIRARD, 36, A PARIS.

~~~~~~~

DE LA

BIBLIOTHÈQUE ROYALE

ET

DE LA NÉCESSITÉ

DE COMMENCER, ACHEVER ET PUBLIER

LE

CATALOGUE GÉNÉRAL

DES LIVRES IMPRIMÉS,

PAR

M. PAULIN PARIS,

Membre de l'Institut, Conservateur-adjoint au département des manuscrits de la Bibliothèque royale.

PARIS,

TECHENER, PLACE DU LOUVRE, 12.

1847

PRÉFACE.

La Bibliothèque du Roi est de nouveau menacée dans son administration. Elle a, pour interprète officiel de ses vœux et de ses besoins, le Directeur dont l'ordonnance de 1839 a fixé les attributions; et M. le directeur vient de protester contre l'ordonnance qui fait toute sa force, en déclarant, dans un Rapport au Ministre, qu'il n'était pas responsable des imputations dont ses collègues pouvaient être l'objet, et que le Règlement ne lui accordait aucun moyen de connaître ce qui se faisait ou ne se faisait pas dans les départements dont il n'était pas conservateur.

Cette déclaration inattendue eut cela de fâcheux pour la Bibliothèque royale qu'elle venait à la suite d'une exposition peu satisfaisante, il faut le dire, de l'emploi des fonds accordés pour la rédaction et la publication du *Catalogue des livres imprimés*. Aussi, bien que les catalogues et inventaires eussent été poursuivis avec ardeur dans les trois sections dont M. Naudet n'est pas encore conservateur; bien que le seul département en retard fût celui des *Livres imprimés* conservé par M. Naudet, on imagina que les savants chargés de la garde des *Médailles*, des *Manuscrits* et des *Estampes, cartes et plans*, étaient principalement responsables des engagements contractés; et même, en voyant combien on avait perdu de temps dans le département des Livres imprimés, on supposa qu'on l'avait encore plus mal employé dans les autres départements, et que, par un sentiment fort naturel de bienveillance M. le Directeur avait voulu éviter d'en rendre compte. Cette dernière supposition n'était pas la plus exacte, mais elle était la plus vraisemblable; et voilà pourquoi MM. les Députés, membres de la commission du Budget, viennent d'inviter formellement M. le comte de Salvandy à fortifier le pouvoir de notre Directeur; à lui donner, avec les moyens de con-

duire tous les travaux de catalogue, la force de secouer le joug
de l'ancien conseil d'administration, composé de la réunion des
conservateurs.

C'est afin de faire ressortir l'inhabile emploi des fonds destinés à la rédaction du catalogue des Livres imprimés ; — afin
de démontrer l'injustice des préventions répandues contre un
règlement qui donne aujourd'hui pour le moins autant de pouvoir à notre directeur qu'en eurent autrefois les De Thou, les
Bignon et les Louvois ; — afin de rappeler que l'influence
de ce directeur ne saurait dépasser les bornes aujourd'hui
prescrites , que j'ai cru devoir écrire ce qu'on va lire.

J'ai dit tout ce que je regarde comme l'expression de la
vérité, et j'ai parlé librement de l'administration de la Bibliothèque , sans consulter aucun de MM. les Conservateurs. De
leur côté, la plupart de ces derniers ont cru devoir suppléer
aux lacunes du rapport de M. le Directeur, en exposant l'excellent résultat des travaux exécutés dans leurs départements
respectifs ; et quant au maintien de la part qui leur est laissée
dans l'administration par la dernière ordonnance, il est à pré-
sumer qu'ils s'en rapportent avec confiance aux lumières et à
l'expérience de l'homme d'état auquel est aujourd'hui confié
le ministère de l'Instruction publique. Pour moi, j'ai pu tou-
cher, sans préoccupations personnelles, des questions qui sem-
blent liées à l'existence du Conservatoire de la Bibliothèque
royale : les fonctions secondaires de Conservateur-adjoint qui
me sont confiées ne me laissent aucune espèce de responsabilité dans les travaux qu'il s'agissait d'accomplir ou de diriger,
et je n'ai pu vouloir défendre ici que la Bibliothèque royale ,
dont les véritables intérêts peuvent être sérieusement compro-
mis par le Rapport de M. Naudet.

10 avril 1847.

DE

LA BIBLIOTHÈQUE ROYALE

ET

DE LA NÉCESSITÉ

DE COMMENCER, ACHEVER ET PUBLIER

LE

CATALOGUE GÉNÉRAL

DES LIVRES IMPRIMÉS.

*

Il y a neuf ans que la Chambre des députés, avertie par M. de Salvandy, ministre de l'Instruction publique, de l'embarras causé dans le service de la Bibliothèque royale par l'absence des catalogues réguliers, accorda un crédit de 1,264,000 fr. pour combler dans chaque Département les *lacunes de l'arriéré*, et pour en rédiger et publier les catalogues. Le Département des livres imprimés dut absorber plus des trois quarts de cette généreuse allocation (1) ; il avait surtout besoin de multiplier les acquisitions, de compléter les reliures et d'exécuter de grands travaux préparatoires. Avant d'entreprendre le Catalogue attendu depuis si longtemps, il convenait de détruire les effets de l'ancienne négligence ; car si l'on avait seulement dressé, comme on fait *après décès* chez les particuliers, l'inventaire de tout ce qu'on devait trouver

(1) Voici quelle en fut la répartition exacte :

Estampes et cartes géographiques.	122,000 fr.
Médailles et antiques.	197,000
Manuscrits.	100,000
Imprimés.	845,000
	1,264,000 fr.

sur les tablettes, on eût été conduit à des révélations que personne ne demandait, et trop souvent il eût fallu appliquer la formule *Desideratur* à des feuillets, à des ornements, à des volumes, à des éditions, à des séries d'ouvrages. La Chambre fit donc passer le devoir de *combler les lacunes de l'arriéré* avant celui de rédiger et faire imprimer les catalogues.

A proprement parler, il n'y avait pas de désordre dans les autres Départements. Les catalogues ou du moins les inventaires y étaient exactement dressés ; l'arriéré, s'il existait, n'était pas considérable, et les acquisitions extraordinaires n'étaient urgentes que pour la section de Géographie fondée il n'y avait pas plus de dix ans par M. Jomard (1) ; les besoins du service ne réclamaient qu'un accroissement des travaux de reliure rendus faciles par l'allocation nouvelle. Ainsi le Ministre, pour faire la répartition des fonds en un certain nombre d'annuités, n'eut à consulter que les exigences du Cabinet des livres imprimés : et quand, après les calculs les plus scrupuleux et le mieux pesés, MM. les Conservateurs eurent demandé huit années et se furent engagés à présenter en 1847 la preuve que l'arriéré dont on se plaignait était comblé, et que le Catalogue était entièrement achevé, la Chambre décida que le crédit serait réparti sur huit années, de 1839 à 1847 ; et qu'une fois le temps écoulé et le crédit épuisé, on l'informerait de l'emploi des sommes accordées et de l'exécution des conditions acceptées. Aujourd'hui, les huit ans sont révolus. Le ministre de l'Instruction publique a donc invité M. le directeur de la Bibliothèque royale à lui rendre compte de l'emploi de ces dépenses, et c'est pour répondre à ce vœu que M. Naudet vient d'adresser à M. le comte de Salvandy un Rapport que le *Moniteur* a publié le 4 mars, et qu'on a pu lire quelques jours plus tard dans la *Presse* et dans le *Journal des Débats.*

Ce document n'a pas dû répondre à tout ce que le Ministre attendait de la Bibliothèque royale, ni à ce que la Bibliothèque pouvait

(1) M. Jomard fit deux parts de ce que lui accordait la munificence des Chambres. Il consacra 75,000 fr. aux acquisitions ; et, pour commencer et achever un excellent catalogue, qu'on peut dès ce jour imprimer et qui formera plus de deux volumes in-4°, il se contenta de la somme de 5,000 fr. « Comment faites-vous de si beaux enfants ? » demandait Henri IV. — « Dame, sire, je les faisons nous-mêmes. »

espérer de son directeur. D'abord on remarque un certain défaut de clarté dans l'exposition de l'emploi du temps accordé, et puis on voit avec surprise un haut fonctionnaire attribuer l'insuffisance des résultats qu'il présente aux vices du Règlement qu'il est chargé de faire exécuter. Il semblerait en vérité que, si le catalogue général de la Bibliothèque n'est pas imprimé, c'est que M. le Directeur n'a pas toute l'influence désirable sur les autres départements. Mais ici M. Naudet a certainement confondu deux choses distinctes : ce qui touche à la section des Imprimés dont il est un des conservateurs, et ce qui regarde les autres sections de la Bibliothèque, sur lesquelles son influence est moins immédiate. Que les moyens employés jusqu'à présent pour établir la régularité du service des Livres imprimés soient de nature à ne satisfaire personne, ni le public, ni les Chambres, ni le Ministre, ni M. Naudet ; nous le concevons parfaitement. Mais si le catalogue des Livres imprimés, qui devait être achevé et publié en 1847, attend encore la première ligne de sa rédaction manuscrite, il serait par trop injuste d'en accuser le Cabinet des estampes ou celui des manuscrits. Les prérogatives de la charge de directeur n'ont rien à faire ici. Toutefois je tâcherai d'exposer plus loin ce qu'il faut penser de cette protestation inattendue de M. Naudet contre notre règlement qui date, pour ainsi dire, du jour de sa promotion à la direction de la Bibliothèque royale. Ce point demande une attention sérieuse et doit être absolument dégagé de toute acception de personnes. Pour le moment, je me contenterai de rappeler que M. le directeur de la Bibliothèque du Roi, conservateur du Cabinet des livres imprimés, devait présenter un état clair et satisfaisant de l'emploi des fonds accordés par les Chambres pour le Cabinet des imprimés, et que le Rapport présenté n'a satisfait probablement personne.

C'est qu'il ne suffit pas d'être un écrivain recommandable à plusieurs titres, pour traiter nettement tous les genres de sujets : plus vous posséderez même l'art de bien exprimer ce que vous comprenez, plus vous éprouverez d'embarras et de vertige quand il vous faudra donner des explications sur les points que vous comprenez mal. Les esprits faciles et superficiels ont en cela de grands avantages : ils répondent sur ce qu'ils ignorent d'une façon plausible ; les hommes graves se contentent de bien parler des objets qu'une longue accoutumance leur a rendus familiers. Si

donc M. Naudet n'a pu, malgré son incontestable mérite, se fami-
liariser avec le style de la bibliographie, c'est qu'il n'apportait dans
les questions de cette nature aucune aptitude spéciale et réelle. Au
premier aspect, la Bibliographie est une science si bornée qu'on a
de la peine à lui donner le nom de science; on ne suppose pas que
pour la bien connaître il soit nécessaire d'avoir possédé, d'avoir rangé
une bibliothèque; mais, science ou non, c'est pourtant un goût, une
passion qu'il faut ressentir pour mériter de remplir la charge de
Bibliothécaire. Avec l'amour des livres, avec une longue familiarité
dans leur doux commerce, toutes les difficultés s'aplanissent : les
classifications, loin d'être de fastidieux devoirs, deviennent des oc-
cupations entraînantes; les catalogues ne sont plus des corvées que
l'on veut commencer chaque jour, et qu'on remet chaque jour au
lendemain, dont enfin on se décharge sur un employé plus ou
moins secondaire, qui n'a plus, une fois la tâche acceptée, le droit
de modifier le plan dont il reconnaît les difficultés; c'est une véritable récréation que l'on commence à l'instant même, qu'on
poursuit sans relâche et pour laquelle on abrége les moments du
repas, on supprime les heures de promenade. Rédiger le catalogue
de la Bibliothèque du Roi ! Je sais dans Paris vingt littérateurs parfaitement honorables et parfaitement connus qui accepteraient cette
tâche pour le seul plaisir de l'accomplir. Et cependant, demandez
à tous ces amis des livres, aux Leber, aux Brunet, aux Laborde.
aux Leclerc, aux Cousin, aux Lacroix, comment, avec la meilleure volonté du monde, on a pu disposer de huit grandes années,
de plus de vingt bras intelligents, de plus de cent mille francs,
sans arriver à la rédaction de la première ligne de la première page
de ce catalogue, ils ne témoigneront aucune surprise; car ils sa-
vent qu'en pareille matière l'inexpérience est fort ingénieuse. Mais
ils seront étonnés que pouvant choisir le rédacteur du Catalogue
entre tant de bibliographes connus, on soit allé chercher précisément un érudit, un moraliste, qui jamais n'avait eu pour les collections de livres la moindre prédilection. Maintenant, que l'on
accorde à M. Naudet huit nouvelles années, vingt nouveaux bras et
cent nouveaux mille francs, nous aurons l'avantage d'entendre dire
en 1855 que le Catalogue est à commencer, comme en 1847. Qui
empêche? Il sera toujours temps après cette deuxième épreuve de
jeter les yeux sur un homme capable de faire ce qu'on lui demande.

Je vais d'abord résumer nettement les différentes parties du Rapport de M. Naudet; l'insuffisance en frappera tous les yeux. Mais pour donner aux Chambres et au Ministre les moyens de mieux faire, il sera bon d'exposer quelle a été, quelle est, et quelle pourrait être la situation du département des Livres imprimés. Ce deuxième point de la question me conduira naturellement à l'examen des plaintes de M. le Directeur contre le règlement actuel de la Bibliothèque du Roi : c'est par là que je terminerai.

La Chambre réclamait un compte bien facile. On a gratifié la Bibliothèque royale d'un fonds extraordinaire de *douze cent soixante mille francs.* L'emploi en avait été distribué sur huit années, et les Conservateurs, en provoquant cette distribution, avaient pris l'engagement de couvrir les lacunes de l'arriéré, et de terminer le Catalogue. A-t-on rempli les *lacunes de l'arriéré ?* Nous imiterons sur ce point le silence de M. le directeur, qui, d'ailleurs, en aura sans doute entretenu le Ministre dans un autre Rapport. Mais le Catalogue est-il publié? M. Naudet laisse entendre assez clairement qu'il n'est pas commencé.

Et pour arriver à ce manque de résultat, voici la série de toutes les opérations auxquelles on s'est livré.

D'abord, nous voyons qu'on délibéra pour savoir si l'on serait obligé de fermer la Bibliothèque ou si l'on pourrait s'en dispenser. « Mais, dit-on, l'intérêt du public ne laissait pas la liberté du choix. » Si la liberté du choix manquait, c'était peut-être déjà du temps perdu que de délibérer. Cependant il est certain que M. Lenormant, conservateur avant M. Naudet, avait le projet de demander au Ministre, dès que les travaux du Catalogue seraient assez avancés, l'autorisation de fermer le cabinet des Livres imprimés pendant six mois ou même une année entière.

« Le parti étant pris de ne pas interrompre l'usage de la Biblio-
» thèque, on dut accepter comme base des opérations préparatoires
» la classification ancienne. »

Une autre raison, pour le moins aussi bonne, c'est que les bases de l'ancienne classification étaient solides et bien entendues. Mais, disons-le tout de suite, il n'y avait pas de lien entre la méthode ancienne et la nécessité de recopier d'abord un Catalogue mal fait. La conviction du profond désordre des anciens Inventaires

semblait même naturellement conduire à la nécessité de dresser
le nouveau, non pas sur le modèle dont on se plaignait avec tant
d'énergie, mais sur les li. es mêmes. Néanmoins on jugea plus
convenable de procéder d'abord à la transcription pure et simple de
l'ancien Catalogue sur autant de cartes qu'il renfermait d'articles.
Et comme on payait ces cartes à raison de cinq centimes, il fut
admis que les copistes ne seraient pas obligés de les faire trop lon-
gues, et qu'ils pourraient couper le titre d'un seul livre en deux,
trois, ou même quatre et cinq cartes. Cet éparpillement du même
article ne diminua pas les embarras, et l'on en peut juger par un
seul fait : l'employé, chargé plus tard de relire et coordonner toutes
ces cartes, fut obligé d'en jeter au feu plus de *trente mille,* et
sans un extrême inconvénient, il eût pu continuer jusqu'au bout.
Telle fut la *première opération.*

Quand on eut transcrit tous les articles de l'ancien Catalogue
dans l'ordre des matières, on en fit exécuter une seconde copie
dans l'ordre du nom des auteurs. Les résultats donnèrent 530,000
cartes. En racontant ces travaux avec sincérité, M. le Directeur a
regretté que les scribes, victimes de leur inexpérience, eussent
transcrit tout au long les titres de chaque volume. « Ils ont
» fait, des titres trop *multiples* où se reproduisaient les *omis-*
» *sions*, les fautes de rédaction des prédécesseurs; néanmoins
» toutes ces cartes ont été rangées. » Ce que M. le Directeur ne dit
pas, c'est que les scribes n'avaient pas été prévenus d'omettre ou
d'abréger les notes littéraires et critiques répandues dans le cours
de l'ancien catalogue. Ces notes, comme on sait, ont de l'importance; mais ce n'était pas sur des cartes de reconnaissance qu'il
eût fallu les transcrire.

L'unique usage de ces 530,000 cartes a été de fournir la série
complète des chiffres de reconnaissance tracés anciennement sur
les livres de toutes les matières.

Si donc les scribes, mieux surveillés, au lieu de transcrire des
articles de vingt et quelquefois de cinquante lignes, s'étaient con-
tentés de copier l'ancien chiffre de classement des volumes et les
premiers mots du titre, leur besogne en eût été d'autant meilleure.

La *troisième opération* fut ce *relevé* de chiffres, que
M. Naudet honore un peu pompeusement peut-être du nom d'*Inventaire.* Je doute qu'il soit jamais fort utile, car la première ré-

solution du rédacteur du futur catalogue sera nécessairement de renouveler les anciennes séries encombrées. Mais suivant M. Naudet ce *relevé des chiffres* était un instrument *indispensable*, pour justifier *aux yeux les plus prévenus* l'ordre suivi dans les anciens catalogues. Un autre avantage, suivant lui, c'est que, *dans l'avenir*, nos arrière-neveux devront être ravis de pouvoir, à l'aide de cet *Inventaire*, reconnaître tous les chiffres dont on avait autrefois surchargé les livres. Nous craignons bien que les Chambres ne soient pas frappées de cette idée providentielle ; en tout cas, voici les paroles de M. Naudet :

« Le classement *fort laborieux* de 530,000 cartes a donné le » moyen de dresser un inventaire complet de tous les chiffres et » sous-chiffres des livres portés.

» Cet inventaire était l'instrument le plus indispensable des tra- » vaux ultérieurs et le plus susceptible d'applications utiles.

» En effet, comment faire les appels sur place et les récolements » de livres pour reconnaître les fausses classifications, les mé- » prises, les doubles emplois, sans cet inventaire, dont chaque » volume contient des milliers de chiffres, signes locatifs de milliers » de volumes ? à moins de transporter des paquets énormes de » cartes, avec le danger d'en perdre quelques-uns.

» Comment encore, sans cet inventaire, constater le fait, fixer » la trace, *immobiliser* l'ordre des *changements* de chiffres et » sous chiffres, effet immédiat des rectifications matérielles du ran- » gement des livres sur les rayons ?

» ET, lorsque viendra le temps d'une transition de l'ancienne » classification à une nouvelle, où les matières se *diviseront* pour » s'*agréger* partiellement et successivement à d'autres, et se résou- » dront en définitive dans une fusion réciproque, comment se pas- » serait-on d'un tel répertoire de concordance, dans lequel chaque » numéro représente, à côté de l'ancienne demeure du livre, son » adresse nouvelle ? Pour pouvoir s'en passer, il faudrait que d'un » coup de baguette tous les livres eussent été se ranger dans leurs » nouvelles places avec le chiffre nouveau écrit sur le dos de cha- » cun. Encore, après ce miracle, aurait-on à faire un relevé des » chiffres nouveaux pour garder un type inaltérable d'ordre, et l'on » serait privé du tableau des dispositions antérieures, *au cas qu'il* » *se rencontrât* d'anciens volumes égarés : et il en rentre souvent

» qui étaient absents depuis dix, vingt, trente ans. UN LE FUT PEN-
» DANT UN SIÈCLE. — Cet inventaire si précieux remplit 49 volu-
» mes petit in-folio. »

A propos du volume qui *fut absent pendant un siècle*, M. le
Directeur, seul entre tous les lecteurs de Paris, paraît ignorer qu'il
y a, dans la circulation commerciale ou dans les cabinets particuliers,
plus de 20,000 volumes volés depuis un siècle à la Bibliothèque du
Roi; et que tous les quais regorgent de ces livres sur lesquels l'estampille a disparu ou n'a jamais été frappée, mais qui présentent, à
l'œil exercé, les marques fort distinctes de nos collections dont
elles gardent soit la reliure, soit les chiffres, soit les lettres de série, soit quelques mots écrits au crayon par des mains bien faciles
à reconnaître, celles de Van-Praet, de Capperonnier, de Targny,
de Sallier, de Boivin ou de l'abbé Bignon. Ce volume rentré au bout
d'un siècle, il eût donc fallu le citer comme une exception.

Quoi qu'il en soit, on avait terminé cet *Inventaire si précieux*,
quand, dans un endroit très-obscur de la Bibliothèque, on fit une
de ces découvertes destinées à changer entièrement la face des choses, le caractère des travaux, les délibérations, les idées, toutes
les espérances conçues. Voici comment M. Naudet a rendu compte
de cet événement.

« Heureusement, les mouvements qui ont *remué* déjà une grande
» partie de la Bibliothèque ont occasionné la découverte des BUL-
» LETINS RÉDIGÉS PAR CLÉMENT, et qui avaient formé la minute
» du catalogue par noms d'auteurs, en 1720.... »

Clément, vers 1684, avait rédigé ces Bulletins sur le titre même
des livres; il les avait ensuite remis aux mains du copiste des 14
volumes du Catalogue des matières et des 21 volumes du Catalogue
des noms d'auteurs. Une fois ces volumes exécutés, on conçoit que
les anciens Bibliothécaires aient tenu peu de compte des bulletins de
première rédaction. On les avait donc relégués dans le coin le plus
obscur de la maison, et c'est là qu'ils reposaient en paix depuis
quelque cent trente années quand un employé de notre temps vint
à les dépister. Eh bien! oserai-je l'avouer? Il n'y avait pas là grand
sujet de se féliciter. Supposons, en effet, que les 530,000 doubles
cartes de M. Naudet puissent jamais servir de modèle au futur Catalogue général; une fois le catalogue exécuté, les cartes conserve-
ront-elles la moindre valeur, et ne fera-t-on pas bien de les brû-

ler? C'est l'examen des livres qui seul peut garantir l'exactitude du dénombrement. Et que dirait-on d'un général chargé de dresser la liste exacte et le signalement de tous les soldats de son armée, et qui s'attacherait exclusivement à réunir les premières listes de recrutement, sans connaître l'état des réformes, et sans penser une seule fois à faire l'appel de ses troupes?

Les bulletins de Clément étant ainsi devenus la seule base d'une opération nouvelle, M. Naudet y fit joindre la copie de tous les articles supplémentaires, ajoutés, depuis 1714, sur les marges ou feuillets intercalés des anciens catalogues.

Puis il fit découper les six volumes du Catalogue que l'on avait commencé d'imprimer vers 1740; et l'on colla ces découpures sur autant de bulletins pareils à ceux de Clément.

Puis, et ce fut la dernière opération, on découpa les 46 volumes du Journal de la librairie qui renfermait la liste de tout ce que le *dépôt légal* avait fourni (ou dû fournir, chose assez différente) à la Bibliothèque : on colla ces nouvelles découpures sur autant de bulletins pareils encore à ceux de Clément. Cette dernière opération ne semble pas terminée.

Des doubles cartes, on a tiré le *relevé des chiffres* ; des Bulletins on espère tirer la souche d'un *Catalogue général par ordre alphabétique*. L'exécution de ce catalogue serait bonne en elle-même; mais une énorme distance nous en sépare : car on ne peut y avoir compris les *fonds non portés* qui n'ont pas de numéros d'ordre, et qui devront donner plus de 500,000 bulletins. Pour ce qui touche aux *fonds portés*, on ne peut avoir confiance dans un relevé d'inventaires faits depuis cent cinquante ans et dont on a proclamé sincèrement les lacunes, les imperfections, les méprises. Il faudra donc tout recommencer, quand il s'agira de dresser le véritable catalogue : il faudra tout refaire en présence des livres, dont il est impossible de fixer la place par contumace, sans les voir, les reconnaître, les interroger.

Il n'y a pas d'éloges cependant qu'on ne prodigue à ces Bulletins de Clément continués. « Avec nos cartes de matières et d'au» teurs, avec notre série générale de bulletins et *nos résidus mis* » *en ordre*, à mesure qu'on avance, les intercalations deviennent » plus expéditives et plus sûres. Le *Catalogue peut désormais* » prendre une extension indéfinie *par sa mobilité* élastique; il

» n'y a plus à craindre d'embarras, d'embrouillements qui arrêtent
» les catalogueurs, et les contraignent à tout recommencer. On n'a
» qu'à *poursuivre le système* et les procédés d'intercalation *dé-*
» *sormais fixés.* »

Si nous savons lire, le meilleur catalogue serait de sa nature
mobile; les cartes seules offriraient cet avantage, et leur classification permettrait seule d'éviter les additions interlinéaires. Telle est
donc la pensée de M. le Directeur. Mais si les *Cartes* ou *Bulletins*
se perdent, si, constamment consultées, le désordre chaque jour
y pénètre de toutes parts, n'aurez-vous pas à craindre d'autres embarras ?

Et si les Chambres, le Ministre ou le Roi viennent à s'enquérir
du nombre total de nos volumes, ou du nombre des volumes réunis
sur une seule matière, sur un sujet même restreint, le tabac par
exemple ; répondrez-vous aisément avec cet Inventaire alphabétique universel, où tout sera confondu, séries, numéros, formats,
condition matérielle ?

Et quand un homme de lettres voudra traiter une question aca-
démique, comment pourra-t-il arracher de vos Bulletins le secret
de tous les travaux entrepris sur le même sujet ? Exigerez-vous qu'il
désigne lui-même les livres qu'il veut étudier, quand il viendra
vous prier de lui apprendre quels sont ces livres ?

Nous sommes donc plus loin que jamais des catalogues imprimés. On ne veut plus même des catalogues en volumes, parce que
des volumes seraient exposés à des intercalations successives. Mais
enfin, on a transcrit sur des carrés de papier ou de carton toute la
matière des anciens inventaires, et si le Ministre ou les Chambres
n'applaudissent pas, il y aura bien du malheur.

Ainsi, d'un côté le *relevé des anciens chiffres*, de l'autre le
classement de 150,000 bulletins copiés sur des catalogues désavoués ;
voilà tout ce qu'on a fait en huit années pour l'avancement du
catalogue général de la Bibliothèque du Roi.

Et quant à ce que M. le Directeur ajoute, relativement « au
» récolement et à la fusion de 220,000 volumes entassés sous les
» combles, ou disséminés ailleurs par petites masses, ou cachés dans
» des coins obscurs, » — au *numérotage* des 150 salles du département, — au *littrage* fait par une main intelligente, — au *rondage*
fait par des mains vulgaires, — au commencement d'assemblage

des matières analogues, — au rangement *par ordre alphabéti-que* des ouvrages dont l'auteur était connu ou était resté anonyme, — à *la mise en présence l'une de l'autre*, des *livres portés* et des *livres non portés*, afin de ménager la fusion *future* de la seconde dans la première, — à la marche assurée des opérations, — à leur progrès infailliblement accéléré de jour en jour; il nous est impossible de réduire tout cela à sa mince et juste valeur, si nous ne commençons par exposer avec exactitude l'état du département des Livres imprimés, avant et depuis l'arrivée de M. Naudet.

Les anciens Manuscrits et les Livres imprimés ont été transportés, au temps de François Ier, de Blois à Fontainebleau; sous Henri IV, de Fontainebleau dans la rue de la Harpe; sous Louis XIV, de la rue de la Harpe dans la rue Vivien ou Vivienne; sous Louis XV enfin, de la rue Vivienne dans le palais Mazarin. Cette dernière translation fut opérée en 1724; et grâce aux éloquents et généreux plaidoyers de M. le comte de La Borde, nous espérons qu'elle sera définitive.

Dès l'année 1680, on avait senti la nécessité de former de l'ensemble des collections quatre grandes divisions : les Livres imprimés, les Manuscrits, les Estampes, les Médailles et pierres gravées. Les Médailles et les Estampes eurent alors deux Gardes distincts; les Imprimés et les Manuscrits demeurèrent sous la même surveillance : Colbert, ministre du Roi, avait la direction suprême de tout l'établissement.

Ce fut Colbert qui chargea l'abbé de Varès et Clément de faire le récolement de tous les Livres et de tous les Manuscrits. En moins de *dix-huit mois*, les inventaires furent dressés sur l'inspection des textes, en bulletins et en volumes méthodiquement classés. On trouva 10,542 manuscrits; c'est encore aujourd'hui la série des numéros de l'*Ancien fonds* du Roi. Mais les acquisitions successives ayant triplé ce nombre, on les a indiquées par des *sous-chiffres* qui ne sont pas assez multipliés pour jeter de l'incertitude dans les recherches et du désordre dans les catalogues.

Les Livres imprimés furent inventoriés au nombre de plus de quarante mille. Quand fut achevé le Catalogue, dû au zèle des deux Gardes Varès et Clément, Colbert avait cessé de vivre. Le ministre Louvois hérita de son autorité suprême sur la Bibliothèque du Roi, puis il la transmit à son neveu, l'abbé de Louvois, qui, dès l'âge de neuf ans, avait prêté serment de Garde de la librairie.

Clément mourut lui-même en 1712. S'il fit les *Bulletins des noms d'auteurs* dont M. le directeur espère aujourd'hui tirer tant d'avantages, il est au moins certain qu'il n'écrivit ni le *Catalogue des matières* ni le *Catalogue des noms d'auteurs*, dont on se sert encore aujourd'hui. On en doit l'estimable transcription et sans doute une partie de la rédaction à Jean Buvat, de Châlons-sur-Marne, qui acheva le dernier, le 29 mars 1714, comme on le voit d'après une modeste note latine placée à l'extrémité de la dernière page du dernier volume. Les *Noms d'auteurs* formaient alors vingt et un volumes in-folio. Le *Catalogue des matières* s'élevait à quatorze ; et sans doute depuis 1684, époque du récolement des *quarante mille* volumes, les collections s'étaient considérablement accrues, et l'on avait, dans le nouvel Inventaire, tenu compte de ces nouvelles richesses.

L'abbé de Louvois, mort en 1718, fut remplacé par le célèbre abbé Bignon, précisément comme on commençait à se servir pour les Livres imprimés des catalogues de Jean Buvat et pour les Manuscrits de ceux de l'académicien Boivin. L'abbé Bignon, non satisfait de la garantie qu'offraient ces excellents guides, voulut assurer sa responsabilité en réclamant un nouveau récolement universel des Manuscrits, des Estampes et des Livres imprimés. Cette belle opération, qui aurait dû trouver des imitateurs dans tous les autres administrateurs de la Bibliothèque, fut ordonnée par le Roi, sur la proposition du nouveau bibliothécaire, le 20 septembre 1719. *Quinze mois* après, elle était entièrement terminée ; Bignon et les académiciens préposés à la garde générale des dépôts avaient signé et paraphé *chaque feuillet* des nombreux catalogues, après que chaque article avait été confronté avec les livres ; et la Chambre des Comptes reçut alors le double de l'Inventaire de toutes les médailles et pierres antiques, — de toutes les estampes, — de tous les manuscrits, — de tous les titres généalogiques, — de tous les livres imprimés formant la Bibliothèque du Roi.

L'abbé Bignon fit ensuite la séparation absolue des départements, telle à peu près qu'elle existe aujourd'hui (1). Quatre Gardes furent chargés sous leur responsabilité de l'ordre, de la conservation et des projets d'acquisition, dans leurs sections respectives : c'était, pour les Médailles, les Manuscrits et les Imprimés trois membres de l'Académie des inscriptions ; c'était pour les Estampes, un amateur connu par son amour de l'art et des collections. Le Garde des imprimés se nommait l'abbé de Targny : en 1726, il passa aux Manuscrits et fut remplacé par l'abbé Sallier, de l'Académie française et de celle des inscriptions ; à Sallier succéda, en 1760, l'académicien Capperonnier (2) ; à celui-ci, en 1775, l'abbé Desaulnays, qui conserva cette charge jusqu'à la mort de Louis XVI.

Il paraît qu'on doit à Clément le choix du système d'ordre et de classification qui régit encore aujourd'hui le Cabinet des imprimés et celui des estampes. Toutes les branches des connaissances humaines dans leur expression imprimée ou gravée, y sont enrôlées dans un certain nombre de catégories, représentées par autant de lettres de signalement. Ainsi, dans les imprimés, A marque la série des livres sacrés, depuis A 1 jusqu'à A 6000. L sert d'enseigne à toutes les matières de l'Histoire de France, etc., etc.

Que tous ces rameaux de la science soient attachés à la tige commune dans l'ordre le plus naturel et le plus raisonnable, il n'importe pas grandement, si j'ose bien le dire. Libre à d'autres de penser avec M. Daunou que la Théologie doit être le complément, non le commencement d'une librairie, et qu'il vaudrait mieux lui donner Z pour signe distinctif ; il suffit, dans une Bibliothèque publique, de bien faire entendre que les livres relatifs à la théologie y sont parfaitement distingués de ceux qui traiteront de toute autre matière.

Car remarquez-le bien, le catalogue d'une grande collection

(1) Je dis *à peu près*, car les Médailles formaient une branche presque indépendante, et les Manuscrits avaient une seconde section des *Titres généalogiques*.

(2) Plus d'une fois on s'est plaint vivement de l'usage aujourd'hui consacré par l'ordonnance de M. de Salvandy de choisir des membres de l'Institut pour les places de *Conservateur*. Toutes les fois que ces places seront dignement remplies, elles donneront des droits à l'entrée des académies. Est-ce qu'on ne voudrait pas qu'elles fussent dignement remplies ?

2.

publique n'est pas soumis impérieusement à toutes les conditions d'une bibliographie systématique. La *théorie* n'a pas à se préoccuper des formats, des accidents d'emplacement et des autres difficultés matérielles de classification auxquels on doit, dans l'*application*, avoir égard avant tout. Ira-t-on, pour suivre la méthode la plus logique, entraver la communication des livres, ou compromettre leur conservation ? Le premier soin de nos Bibliothécaires doit être de tout subordonner, dans le système qu'ils adoptent, à l'intérêt matériel des livres, à la commodité du service général ; et la présence irrécusable du bon ordre se révélera dans la facilité d'évaluer toutes les parties de la collection, d'en apprécier les richesses, d'en distinguer les lacunes ou les exubérances. Il faudra pour cela marquer avec netteté la place exacte et nécessaire que doit occuper chaque matière et, dans chaque matière, chaque volume jusqu'à la plus mince brochure. Tel est le grand point vers lequel il faut tendre, et quand vous l'aurez atteint, toutes les autres difficultés aboutiront d'elles-mêmes à leur solution. Ne prenez donc pas en trop grand souci l'opportunité de placer la Métaphysique avant ou après la Théologie, l'*Histoire ecclésiastique* dans la lettre H (Histoire générale), ou dans la lettre C (les Pères de l'Église); ou l'inconvénient de réunir sous une lettre majuscule (avec des subdivisions de minuscules) les Orateurs, les Romanciers et les Poëtes, au lieu de leur accorder les trois lettres X, Y et Z. Quelque parti que vous preniez, je m'en tiendrai satisfait dès que vous m'annoncerez que vous avez pris un parti, et que vous avez, en conséquence de ce parti, dressé votre Catalogue. Libre ensuite à vous de n'avoir pas assez égard à la progression des grands effets de la *raison*, — de l'*imagination*, — de la *mémoire ;* ou bien à l'ordre des *connaissances instrumentales*, — *essentielles*, — *conventionnelles;* ou bien à celui des *besoins physiques* et des *besoins moraux ;* ou bien encore à la progression des treize classes, dont la première devrait être l'*agriculture*, le plus ancien des arts. Dans le grand appareil de l'intelligence humaine, tout se tient et tout diffère ; toutes les classifications porteront donc avec elles leurs difficultés, leurs complications, leurs avantages : mais ce n'est pas à dire qu'avant de rien coordonner il me faudra d'abord résoudre tous ces problèmes insolubles. Autant vaudrait demander, avant de marcher, qu'on eût à consulter un maître de dynamique pour apprendre si l'on doit commencer par le pied droit ou le pied gauche. L'important n'est-il pas de marcher !

Des gens de beaucoup d'esprit ont souvent blâmé l'emploi des *lettres* pour la classification de la Bibliothèque royale; leurs objections ne peuvent soutenir un examen sérieux. Les *lettres*, en distinguant les différentes branches de productions bibliographiques, fixent invariablement la place des livres. Si, dans l'ordre régulier, quelque matière rarement consultée se présente à la suite immédiate d'une matière souvent étudiée, la lettre caractéristique, gardienne de l'ordre régulier, permet au Bibliothécaire de refouler la série délaissée dans les réduits éloignés et d'accorder sa place à quelque autre matière plus consultée. Le système des *Lettres* est d'ailleurs merveilleusement favorable aux intercalations : avec l'addition d'une lettre minuscule, nous pouvons recommencer les séries numérales autant de fois que nous le jugerons nécessaire pour éviter les accroissements exagérés. Chaque lettre peut réunir autant de séries que l'exigera la commodité du service. C'est pour ainsi parler, autant de compartiments élastiques, qui ne demanderont, après un assez long intervalle de temps, que le refoulement régulier de l'ensemble de la collection ; et cette opération n'offrira pas de difficulté sérieuse, tant que le contenant répondra aux besoins du contenu. L'usage des lettres a été adopté dans la plupart des grands dépôts publics, en Angleterre, en Allemagne, en Russie. Au lieu de lui chercher des objections spécieuses, écoutons ce qu'en dit M. Brunet, dont certes on ne récusera pas la compétence : « Le vieux système de classification est, dit-on, tout à fait
» en désaccord avec les idées nouvelles, avec le développement des
» sciences; on le déclare tout à fait inadmissible : mais qu'y a t-il
» donc de changé dans la nature des choses? La *philosophie* n'est-
» elle pas toujours la philosophie quel que soit le point sous lequel
» on l'envisage? L'*histoire* ne restera-t-elle pas toujours l'histoire,
» soit qu'elle appartienne à la *mémoire*, soit qu'on la classe dans
» la *noologie* ou qu'elle dépende de la *science sociale*? A la
» vérité, les sciences proprement dites ont beaucoup agrandi
» leur domaine.....; mais rien de cela ne constitue une science
» entièrement nouvelle, une science qu'on ne puisse, *au moyen*
» *de quelques subdivisions*, parvenir à introduire dans le sys-

» tème bibliographique précédent. » (*Manuel du libraire.* Introduction.)

Je reviens à l'histoire de l'ancien état de la Bibliothèque. A peine le système de Clément avait-il reçu son application qu'on songeait à l impression du Catalogue. M. le Directeur a suivi de bien mauvais renseignements, en déclarant dans son Rapport qu'on ne publia *dans l'espace de cinquante ans* que six volumes in-folio. Il est certain que les quatre volumes in-folio du catalogue des Manuscrits et les six volumes in-folio du catalogue des Livres imprimés furent publiés en moins de quatorze ans ; le premier volume des imprimés ayant paru à la fin de 1739, le dernier au commencement de 1753. Sur ce point, il ne saurait demeurer la moindre incertitude.

Vers ce temps mourut l'abbé Sallier. Capperonnier qui le remplaça, apporta la réputation de bon helléniste et ne justifia pas celle de bibliothécaire habile. Mais c'était un homme de conscience et de probité, il voulut donc, comme aujourd'hui M. Naudet, faire beaucoup ; il ne fit absolument rien. Loin d'avoir assez de forces pour traverser l'Hellespont, il se noya dans une petite mare d'eau. En douze années, il avait rédigé un septième volume du Catalogue qui devait contenir la Jurisprudence civile, et il venait de déposer son travail à l'Imprimerie royale quand il mourut presque subitement, le 30 mai 1775. Après lui, on voulut commencer l'impression de ce volume dont on faisait de grands éloges ; dès les premiers feuillets l'attente générale fut douloureusement trompée, et la publication en fut ajournée. Encore à présent on attend ce septième volume.

Mais tel est le lien invincible qui rattache l'entretien des Catalogues au soin de les faire imprimer, qu'à partir de l'année 1753, on voit le zèle de tous les Gardes de la Bibliothèque se refroidir et se perdre. Impression différée, rédaction interrompue : la règle est sans exception. Puis, sous des Bibliothécaires tels que le prévôt des marchands Bignon et l'ancien lieutenant de police Le Noir, l'absence de contrôle et de bon exemple se faisant tous les jours mieux sentir, on inscrit avec négligence les acquisitions, on cesse entièrement de les inscrire. Les Gardes sont chargés de missions diplomatiques ou purement scientifiques : ils sont suppléés par des littérateurs de la ville et de la cour, qui reçoivent cet honneur à titre de sinécure : tels furent le chanoine de Reims Anquetil, Crébillon le tragique et Duclos le philosophe.

De pareils hommes pouvaient-ils descendre aux soins minutieux de la rédaction d'un Catalogue ! Voilà donc comment, vers 1760, entra le premier volume qui devait former le noyau du célèbre *Fonds non porté*. Une fois lancée, la boule de neige ne tarda pas à grossir ; elle envahit des rayons, des travées, des salles, enfin plus d'un étage. D'abord on laissa les livres dans leur ordre d'arrivée ; puis, les Gardes eurent la force de distinguer quelques matières générales. Ils ménagèrent une certaine distance entre Aristote et *Arioste*, entre le *Bréviaire des courtisans* et le *Bréviaire de Cîteaux*. Si l'on ajoute à cette opération la transcription du nom des auteurs sur les marges et sur les feuillets intercalés du vieux catalogue de Jean Buvat, on aura l'ensemble des travaux de l'administration, depuis la mort de Sallier jusqu'à la Révolution française. Alors on supprima la charge de Bibliothécaire ; on donna le nom de *Conservateurs* aux anciens *Gardes*, et on leur confia l'administration de la Bibliothèque Nationale, sous la présidence annuelle de l'un d'entre eux et la haute surveillance du Ministre de l'intérieur.

Quelques années après la mort de Capperonnier, la nécessité de remédier au désordre déjà fort grand avait fait recevoir au nombre des employés du Département des livres imprimés, un jeune homme qui venait de se faire un nom par sa coopération à la célèbre description des manuscrits du duc de La Vallière. Présenté par l'honorable maison de Bure, M. Van-Praet arrivait avec la mission spéciale de rédiger le Catalogue, et l'on ne peut douter que l'auteur de tant d'excellents travaux bibliographiques n'eût répondu à ce qu'on attendait de lui, si, bientôt, la suppression des Couvents et les confiscations nationales n'eussent enrichi de dépouilles opimes les salles réservées de la Bibliothèque. M. Van-Praet présida seul, je ne dirai pas à la classification, mais au rangement de ces admirables lots de livres choisis dans toutes les bibliothèques de moines, d'églises, de princes condamnés à la mort, de grands seigneurs contraints à la fuite. Il les plaça soigneusement les uns près des autres, dans le second étage de la Bibliothèque : il les distingua par série de provenance, en leur conservant autant que possible l'ordre dans lequel ils se trouvaient chez les précédents propriétaires. M. Van-Praet, soit parce qu'il n'était pas bien sûr que tant de richesses dussent demeurer à l'État, soit plutôt par faute de temps, remit à des jours moins surchargés le soin de revêtir tous ces volumes de l'estampille, de la lettre et du numéro d'ordre qui, seuls, pouvaient constater la propriété nationale : d'ailleurs, au milieu de ces galeries nouvelles, dont tous les éléments avaient été formés de sa main, on conçoit que l'ardent Conservateur n'éprouvât jamais d'embarras ou d'incertitude. Il savait la position de toutes les raretés, et même de tous les ouvrages; car un bibliophile se souvient de tout volume placé par ses mains, il le reconnaîtrait entre tous les livres de l'univers; et c'est ainsi que César et Frédéric n'oubliaient jamais le nom d'un seul de leurs soldats.

On distingua les livres confisqués sur les émigrés et les communautés religieuses par le nom de *Fonds du résidu*. Comme ils ne portaient ni l'estampille, ni les *lettres* représentatives des matières, ce fut, on le devine, dans cette partie des collections que l'on eut à déplorer le plus de pertes. Nul moyen de constater les absences; nulle obligation de remplacer ce qu'on ne se lassait pas d'enlever : car, je le répète, il n'existait pour ce précieux *résidu* nul catalogue, nul inventaire; à peine un procès-verbal oublié, constatant que tel jour étaient entrés tant de livres provenant du citoyen Conty, — de la citoyenne Orléans, — de l'émigré Gramont, — de l'épouse du tyran, etc., etc. Combien de volumes durent disparaître dans ce quart de siècle ! et quelle sécurité pouvait offrir le corps des employés subalternes, les jeunes employés mêmes d'un ordre plus relevé, qui, reçus aux appointements de 1,200 fr. étaient souvent renvoyés avant que l'année ne fût écoulée? On peut juger des effets de la négligence et de la cupidité, dans les fonds du *Résidu*, par les pertes considérables éprouvées dans les séries les mieux ordonnées, c'est-à-dire dans le *Fonds porté*. Faites aujourd'hui ce qu'on ne paraît pas avoir encore eu le temps de faire : comparez les articles du Catalogue imprimé en 1740 avec les volumes en place, vous ne retrouverez pas dix ouvrages de suite; et dans ces dix ouvrages, celui qui manquera constamment à l'appel ne sera pas le moins précieux ni le plus facile à remplacer.

Et les pertes dont il m'a fallu parler ne seraient pas à déplorer aujourd'hui, si l'on n'avait pas interrompu l'impression des catalogues. En poursuivant la tâche commencée en 1739, on eût reculé devant l'idée de remettre à d'autres temps la classification d'un résidu quelconque; le *non porté* n'aurait jamais eu de consistance; on eût distribué les volumes au fur et à mesure de leur arrivée; on les eût tous inscrits sur l'*inventaire* ou procès-verbal d'entrée; on eût fixé leur place d'après la matière qu'ils traitaient, on les eût marqués de la *lettre* de reconnaissance et du chiffre de classement. De là à les enregistrer sur le double catalogue des matières et des noms d'auteurs, il eût fallu quelques minutes.

Mais une fois le devoir de publier foulé aux pieds, toutes les sortes d'abandonnement en deviennent la conséquence. Les successeurs de l'abbé Bignon prennent possession de leur charge sans exiger le récolement des objets conservés dans les quatre divisions, sans demander qu'on fît un état des livres inscrits dans les catalogues et qui ne se trouvaient plus dans les rayons. Après cela, pourquoi tenir à l'exactitude des insertions, au maintien des classifications? Un arriéré de quelques années se forme-t-il? on fera une classe de cet arriéré. Pourquoi mettre en état des registres que personne ne vous oblige plus à consulter? Ainsi le retard mis à l'impression révéla l'existence du cancer qui commençait à ronger l'établissement. Si l'ordre eût été irréprochable, la publication des catalogues ne se serait pas fait et ne se ferait pas encore attendre.

Du moins, les connaissances littéraires de M. Van-Praet et ses passions bibliographiques suppléèrent longtemps au désordre de la classification générale. De cette immense nécropole d'ouvrages non portés, il dégagea une foule de livres auxquels la curiosité donnait un prix singulier, ou dont la condition splendide était digne d'admiration. Il fit ainsi des fonds particuliers composés soit d'incunables, soit de livres sur vélin, soit des premiers monuments de l'imprimerie dans chacune des villes de Belgique et de France, soit enfin de livres à primitives gravures sur bois. Il est juste d'ajouter ici que pour disposer ces réserves, M. Van-Praet ne dérangea rien dans les 250,000 volumes du *fonds porté*. Il se contenta de faire un choix dans les séries dites du *résidu*, et de mettre ainsi à la disposition des savants et des curieux, des milliers de précieux volumes, dont nul autre que lui n'aurait alors pu reconnaître la place précédente dans les cellules du deuxième étage.

Mais M. Van-Praet n'eut jamais le courage d'initier aucun des employés, même ceux dont le mérite était le mieux éprouvé, dans les secrets d'une administration qui n'avait d'autre appui que sa mémoire et son expérience. Comment avouer, en effet, que les deux tiers des livres n'étaient pas régulièrement inscrits et ne figuraient dans aucun catalogue! Le sens, le goût, le fumet bibliographique ne s'apprennent ni ne se communiquent : la méthode seule peut les suppléer, et le Département des imprimés en avait depuis longtemps secoué les salutaires entraves.

En 1832, M. de Manne, collègue de M. Van-Praet, étant mort, le Gouvernement énergiquement sollicité d'intervenir, jugea le moment favorable pour modifier le Règlement de la Bibliothèque royale. Le conseil des Conservateurs, qui formait ce qu'on appelle le *Conservatoire*, reçut un président ou plutôt un directeur, nommé pour cinq ans, chargé de correspondre seul avec le Ministre et de donner au travail des catalogues une impulsion nouvelle. Le choix du gouvernement tomba sur un helléniste fort habile ; et en même temps que M. Letronne obtenait le titre de directeur de la Bibliothèque et de président du Conservatoire, M. Magnin, recommandable par vingt années de bons services et dont on connaissait l'érudition et les goûts littéraires, fut donné pour collègue à M. Van-Praet.

Il n'est pas à propos de juger ici d'une façon absolue l'administration de M. Letronne : seulement, elle fut marquée par quelques grands changements qui se rapportent trop directement à notre sujet pour ne pas demander quelques mots. En entrant pour la première fois dans la Bibliothèque du roi, on ne peut se défendre de plans et de projets ; M. Letronne ne sut pas échapper à la disposition commune. Ainsi, le public était chaque jour admis à pénétrer dans les plus belles galeries, par le plus bel escalier du palais Mazarin ; M. Letronne s'empressa de rouvrir un escalier de second ordre, il réserva le précédent aux curieux oisifs des jours extraordinaires. On avait toujours redouté pour nos admirables collections le voisinage du feu ; M. Letronne obtint du Ministre des travaux publics que la Bibliothèque serait désormais chauffée durant tout l'hiver, et jusqu'à présent on n'a senti que les avantages

de cette innovation redoutée. Un grand nombre d'inscriptions la-
pidaires remplissaient quelques arrière-salles du cabinet des Antiques ; M. Letronne fit encastrer dans les murs des bas corridors
une partie de ces inscriptions. Enfin, il crut apercevoir des inconvénients à laisser aux habitués studieux la libre disposition des galeries et de toutes les salles du premier étage : il la leur interdit
en même temps que l'usage du somptueux escalier qui y conduisait. Au cabinet des Manuscrits, il obtenait des réformes analogues.
Les savants lecteurs qui en sont les hôtes ordinaires, jusque-là
reçus dans de vastes salons, enrichis d'élégantes boiseries et
de plafonds somptueux, furent refoulés dans des arrière-cabinets
qu'un sentiment naturel de dignité avait jusqu'alors interdit à l'œil
des étrangers. Et cependant la magnifique galerie Mazarine était
exclusivement réservée aux curieux, qui, deux fois par semaine,
viennent profiter des enseignements de la Bibliothèque royale, les
yeux levés et les mains dans leur veste.

M. Letronne, partisan déclaré de la translation de la Bibliothèque royale, ne demeura pas satisfait de tous ces changements: c'est
à lui qu'on doit surtout la fondation de ce qu'il appela la *salle de
lecture.* Voici les motifs allégués de cet expédient désastreux : depuis longtemps, les livres les plus communs et de l'usage le plus
ordinaire pouvaient devenir l'occasion de recherches infructueuses ;
chaque ouvrage pouvait être déposé soit dans le fonds porté, soit
dans le *non porté,* dans le *résidu,* dans le *dépôt légal,* et dans
quelques-unes des réserves de M. Van-Praet ; souvent encore le
titre expliquait mal la place qu'il pouvait occuper dans chacun de
ces différents fonds, et les inventaires étant trop incomplets pour
qu'on s'avisât de les consulter en cas de doute, on se voyait
contraint, quand on avait inutilement cherché, de payer le public
d'assez faibles raisons qui soulevaient alors des plaintes comme il
s'en élève dans un marché public quand on demande vainement
du grain à ceux qu'on soupçonne de le conserver. Que faire dans
cette extrémité? Rédiger, aurions-nous dit, les catalogues ; on se
contenta de faire la *Salle de lecture.* On enleva les livres qui,
depuis plus d'un siècle, se trouvaient réunis en bon ordre dans
une des trois galeries ; on les remplaça par un choix de 20,000 volumes fait dans toutes les séries qui semblaient alors l'objet des demandes les plus ordinaires. Théologie, Droit, Morale, Poésie, Phi-

lologie, Médecine, Revues, Dictionnaires, tout dut apporter son tribut à la nouvelle bibliothèque. Malgré les difficultés du *roulement*, le projet fut exécuté sur-le-champ, et c'est dans le *Salon de lecture* que viennent chaque jour se presser, s'entasser plus de cinq cents lecteurs, importunés les uns par les autres, heureux encore de ne pas arriver trop tard, avant que toutes les places ne soient prises.

On peut dire, en faveur des innovations de M. Letronne, qu'elles offraient un moyen de satisfaire rapidement les solliciteurs les plus superficiels, c'est-à-dire les plus irritables; que nos belles galeries et le grand escalier gagnaient à n'être vus que de loin et à certains jours; qu'en parquant le docte troupeau des lecteurs dans un étroit espace, on assurait mieux la surveillance générale; qu'enfin, en prenant le parti de chauffer la Bibliothèque, on avait dû resserrer autant que possible la ligne des calorifères : mais je n'en soutiendrai pas moins que la pensée de faire de notre opulent palais un cabinet de lecture, tapissé des livres les plus communs destinés à l'amusement des lecteurs les plus vulgaires, ne serait jamais tombée dans la tête d'un ami vraiment éclairé de la Bibliothèque du Roi. Aussi, m'a-t-on assuré que M. Magnin et les plus recommandables employés, MM. Dubeux, Balin, Pilon et Guichard (1), ne s'y étaient prêtés qu'avec la plus extrême répugnance. La Bibliothèque du Roi a été rendue publique dans la pensée de favoriser les études vraiment sérieuses, et de fournir aux gens bien élevés le moyen de cultiver d'une façon régulière et suivie, le commerce des grandes intelligences de tous les temps et de toutes les nations. Quiconque franchit le seuil de la Bibliothèque royale doit y pénétrer comme dans un temple fermé à toutes les curiosités éphémères. Non, ce ne doit pas être un cabinet de lecture, et la libéralité du souverain ne doit pas établir une sorte de concurrence sans but avec les honnêtes personnes qui fournissent pour quelques sous la pâture des romans, des journaux et des livres de pacotille que chaque matinée voit naître et mourir. On ne devrait consulter nos belles collections qu'avec l'intention de rendre un jour à la nation le secours littéraire qu'elle s'empresse de vous

---

(1) M. Ravenel, dont je suis heureux de reconnaître ici le zèle et l'expérience bibliographique, n'appartenait pas encore à la Bibliothèque royale.

préparer. Avant M. Letronne et la déplorable salle de lecture , on voyait les hommes studieux se partager tout le premier étage de la Bibliothèque : les bas rayons de nos armoires étant exclusivement consacrés aux in-folio, la présence des gens de service suffisait à la sécurité des bibliothécaires, et l'on n'a pu trouver l'exemple d'un seul vol commis durant les séances par quelque lecteur inobservé. Chacun alors , rapproché des in-folio de prédilection , travaillait silencieusement, en toute aise , sur des tables toujours propres , toujours commodes : là pouvait-il étendre tous les éléments de son travail ; et, derrière lui, des gens de service autorisés par les Employés ouvraient les grilles et lui permettaient d'échanger entre eux les volumes du même ouvrage. Pour les livres plus éloignés dont ses visites précédentes ne lui avaient pas permis de découvrir la retraite , il allait les demander à M. Van Praet ; et quand il avait été témoin de l'empressement du digne Bibliothécaire à le satisfaire, à dépêcher les Employés à la recherche du livre, à les suivre lui-même s'ils tardaient trop à revenir, personne ne songeait à se plaindre , même s'il arrivait que la recherche demeurât infructueuse. Aussi, par le calme , le recueillement de tous ceux qui peuplaient ordinairement nos galeries, par l'urbanité des Conservateurs et des Employés, la Bibliothèque était un objet d'admiration pour tous les hommes distingués de l'Europe ; et si le Département des livres imprimés eût alors possédé le Catalogue qu'il ne possède pas encore, elle eût mérité cette admiration.

M. Paul Lacroix a dernièrement retracé avec un grand fonds de raison assaisonné de beaucoup d'esprit tous les inconvénients de notre salon de lecture; il a rappelé l'un des derniers mots de M. Van-Praet qui s'indignait des nombreux témoignages de prédilection prodigués aux curieux, aux oisifs, aux *barbares* en un mot. M. Lacroix a démontré que les six cents *liseurs* du salon de lecture enfermaient leurs demandes dans un cercle de quatre ou cinq mille volumes, Dictionnaires, livres de droit et de médecine, nouvelles éditions de Rousseau et de Voltaire, collections modernes de chroniques , histoires de l'Empire et de la Révolution française. C'est pour cet ordre de travailleurs qu'on a mis de nouvelles entraves aux recherches des hommes de science. Occupés autour des habitués du Cabinet de lecture, les Employés n'ont plus assez de temps pour les recherches qui se trouvent en dehors du roulement quotidien. Mais pour nous en tenir à ce qui touche les Catalogues, l'instauration du Salon de lecture ajoutait aux tristes effets du déclassement général. Les livres enlevés de la salle nouvelle étaient au nombre des mieux rangés ; tous avaient été *portés*, tous figuraient dans les anciens catalogues de Jean Buvat. Ils appartenaient à des séries dont les premiers numéros étaient placés dans la salle précédente et les derniers dans celle qui suivait. Le *Cabinet de lecture* les sépara de leurs compagnons naturels et nécessaires, pour les refouler dans une salle oubliée, lointaine. Était-ce ainsi qu'on pouvait espérer de rétablir l'ordre dans nos immenses collections ! Puis en déplaçant tous ces régiments de livres, on s'aperçut qu'il en y avait parmi eux de la plus insigne rareté, de la condition la plus splendide. La pensée vint de commencer de nouvelles *réserves* de belles reliures, de poëtes anciens, de mystères, etc., et si l'on n'avait pas reconnu bientôt l'énorme danger de ces *a-parte*, on eût dépecé toutes les matières, tous les formats, toutes les lettres. Heureusement on s'arrêta, mais on ne revint pas, et les blessures nées de cette pensée ne sont pas encore cicatrisées.

La Bibliothèque royale, je ne crains pas de le dire, doit, comme Charles-Quint, Louis XIV et Napoléon, viser à la domination universelle. Elle ne réunit pas certaines impressions, certains incunables, certaines raretés ; elle doit tout avoir, *tout* ; entendez-le bien. Certes, il y avait loin de la France impériale à l'empire du monde ; il y aura toujours loin de la Collection du Roi à la réunion de toutes les productions écrites ou gravées de l'intelligence humaine : mais, par cette généreuse ambition qu'elle est assez grande pour avouer, les hommes d'étude sont avertis, si quelque ouvrage manque à leurs besoins, que notre devoir est de le chercher, de le découvrir pour eux. Nous ne devons pas former de collections spéciales ; et c'est à nos lecteurs qu'il convient de faire un choix parmi les beaux écrits qui font appel à leurs préférences. Toutes nos armoires n'offrent-elles pas les mêmes garanties de conservation ? Gardons-nous de subordonner le service de la Bibliothèque aux travaux d'une certaine espèce, comme l'histoire de la reliure, de la gravure ou de la typographie. Grâce aux Catalogues que nous avons la mission de publier, nous pourrons venir en aide à tout le monde, sans donner à personne le privilége d'une besogne toute faite. Ce n'est pas pour être du quinzième siècle que nous avons des livres du quinzième siècle ; c'est parce qu'ils renferment des bibles, des poëmes, des histoires ; ils ont leur place systématique ; consultez les Catalogues et demandez-les : on vous les donnera — quand nous aurons des Catalogues.

M. Van-Praet mourut à la suite d'une courte maladie. Quelque temps auparavant, le vénérable octogénaire avait glissé du haut d'une échelle et l'ébranlement qu'il avait ressenti dut avancer de quelques années le moment de quitter sa chère Bibliothèque avec la vie. Maintenant je dois ajouter que sous les auspices de M. Maguin et du successeur de M. Van-Praet, M. Lenormant, il y eut de notables compensations aux mauvais effets du *Salon de lecture*. Les travaux incessants du dépôt légal furent mieux entendus ; à mesure de leur entrée, les livres reçurent l'estampille de la maison et l'empreinte de la lettre qui leur convenait. La reliure surtout prit une activité toute nouvelle, et l'on dut à M. Richard, cet employé si honorablement nommé dans le Rapport de M. Naudet, un système excellent de reliures qui devra dans les siècles à venir recommander les livres sur lesquels on en aura fait l'application.

Si le Département des livres imprimés eût gardé plus longtemps ses deux conservateurs, et, M. Magnin continuant à présider à tout ce qui touchait à la communication, si M. Lenormant fût demeuré chargé de toutes les mesures d'entretien et de conservation, on ne peut douter que le Catalogue n'eût été commencé, continué, achevé, publié : M. Lenormant eût attaché son nom à cette entreprise si glorieuse puisqu'elle devait être si utile. Mais au moment où il avait su déjà vaincre beaucoup de difficultés préalables, la place de Conservateur du Cabinet des médailles devint vacante par l'éloignement de M. Letronne qu'on appelait à la direction des Archives du royaume, pour le remercier de n'avoir pas désespéré de la Bibliothèque royale. M. Lenormant, auparavant Conservateur au cabinet des Antiques, ne put alors s'empêcher de regretter des fonctions qui répondaient aux travaux précédents de sa carrière littéraire. Il demanda, il obtint de rentrer dans le Département qu'il avait quitté quelques années auparavant ; et M. Naudet, inspecteur général de l'Université, connu par un assez grand nombre d'estimables dissertations d'histoire et de philosophie, fut choisi pour réunir les deux fonctions les plus difficiles de la Bibliothèque royale ; celle de *Directeur*, à la place de M. Letronne ; celle de *Conservateur des livres imprimés*, à la place de M. Lenormant (1).

Ce fut peu de temps après la mort de M. Van-Pract que la Bibliothèque du Roi reçut des Chambres, sur la demande de M. de Salvandy, ministre de l'Instruction publique, le crédit extraordinaire de 1,264,000 francs Nous avons vu comment on avait employé les deux tiers de crédit ; disons maintenant un mot des tentatives faites avant l'arrivée de M. Naudet, sous le régime de l'ordonnance de 1832, pour rétablir l'ordre parmi les Imprimés. Et pour nous moins éloigner de l'esprit du dernier Rapport de M. le Directeur, faisons la plus grande part possible au désordre précédent. Nous admettons qu'en 1832 il n'y avait de classification régulière que dans le *fonds porté*, c'est-à-dire dans un cabinet de 250,000 volumes. Le *non porté* aura bien reçu la distinction des *lettres*, mais il n'aura pas été soumis au *numérotage ;* le *dépôt légal* aura reçu l'estampille, mais il n'aura pas obtenu la distinction des lettres ; enfin le *résidu* manquera de *numéros*, de *lettres* et d'*estampilles*. Quand on aura fait des acquisitions dans les ventes publiques, les volumes achetés auront été répartis dans les différentes réserves ; on les aura bien revêtus de la lettre et de l'estampille, mais on ne leur aura pas imposé les numéros d'ordre qui les eussent fait dépendre du *fonds porté*. Pour les livres volés (2), quand il arriva de les remplacer, on aura pris soin de

---

(1) Il est inutile de raconter ici l'épisode de la nomination de M. Dunoyer aux fonctions de Directeur général. M. Dunoyer ne resta que fort peu de temps, et le Règlement de M. de Salvandy, si judicieux dans la plupart de ses dispositions, fut presque aussitôt modifié par le successeur de M. de Salvandy au ministère de l'Instruction publique. C'est le règlement de M. Villemain qui régit aujourd'hui la Bibliothèque du roi, et qui de nouveau permit au *Directeur* d'être en même temps *Conservateur*. Ce cumul ne pouvait avoir une heureuse influence sur les travaux de Catalogue ; mais on n'y pensa pas.

(2) Je me sers du mot brutal de *livres volés* pour tous les volumes qui, prêtés à des gens oublieux ou malhonnêtes, ont été perdus par la négligence, ou par la mauvaise volonté des emprunteurs. Qu'un ambassadeur, un pair de France ou bien un pauvre homme de lettres gardent les objets empruntés, le résultat est parfaitement le même.

leur donner la condition de ceux auxquels ils succédaient ; et c'est ainsi que M. Van-Praet aura fait disparaître bien des traces d'un gaspillage inséparable de la noble libéralité des communications.

Voici pourtant comme le rapporteur d'une commission instituée par la Chambre des députés, M. Dubois, rendait compte le 18 mai 1836, un an avant la mort de M. Van-Praet, des changements déjà opérés à cette époque dans la section des livres imprimés :

« Sur *cent mille volumes* qui étaient privés de signes exté-
» rieurs, nécessaires au classement, plus de *soixante mille* en ont
» reçu. — Les deux tiers des livres, au moins, manquaient d'es-
» tampillage intérieur, dont ils doivent porter l'empreinte sur le
» titre, au milieu et à la fin. Depuis deux ans, plus de *cent mille*
» ont reçu le droit de propriété. Nous pourrions indiquer bien
» d'autres améliorations... Qu'il nous suffise de déclarer que dans
» tout ce qui concerne le service courant et quotidien , l'ordre et
» la régularité sont aujourd'hui tout à fait rétablis?... Ainsi, achè-
» vement du catalogue, acquisitions indispensables pour combler
» les lacunes, reliure de l'arriéré , voilà quels sont aujourd'hui les
» besoins les plus pressants du Département. »

Et le 19 mai 1837, deux mois avant la mort de M. Van-Praet, M. Duvergier de Hauranne, rapporteur de la même commission dans la session suivante, s'exprimait ainsi :

« La dernière commission vous a rendu un compte exact des
» améliorations qui depuis 1832 ont été introduites dans le service
» de la Bibliothèque royale. Pendant le cours de 1836 , de nou-
» velles améliorations ont eu lieu... Il n'est pas *exact* de dire que
» beaucoup des livres de la Bibliothèque royale soient confusément
» entassés dans les greniers. Au second étage comme au premier ,
» ces livres sont rangés sur des tablettes ; et s'il en est encore quel-
» ques-uns qui ne soient pas classés, ce sont en général des livres
« de peu d'importance. Au surplus on s'occupe chaque jour de leur
» assigner un numéro et une place qui *en attendant l'achève-*
» *ment du catalogue général* permettent de les trouver toujours
» facilement et promptement. »

C'est après la lecture de ce Rapport et après les engagements pris par le Ministre au nom du Directeur, M. Letronne, et des Conservateurs MM. Magnin et Lenormant, que le crédit extraordinaire fut voté. Le 5 mars 1839, l'administration collective de la

Bibliothèque, rendant compte au Ministre de ce qu'elle avait fait, s'exprimait ainsi :

« Nous regardons la somme votée comme suffisante pour com-
» bler les lacunes de reliures et d'acquisitions, et pour *accomplir*
» les travaux du catalogue... C'est nous qui avons les premiers
» donné les détails sur l'emploi de cette somme, qui en avons ré-
» clamé le vote, à qui les Chambres ont réellement ouvert ce crédit...
» Nous nous sommes portés garants, aux yeux du public, aux yeux
» des Chambres, à vos propres yeux, du fidèle accomplissement de
» cette tâche, et le public, les Chambres et vous-même avez accepté
» l'engagement pris par le Conservatoire... Aujourd'hui les résul-
» tats de l'estampillage sont doublés depuis le rapport de M. Dubois,
» mais on n'en a pas encore touché le terme (1). »

Le terme de l'*estampillage* fut touché avant l'arrivée de M. Naudet, et le nouveau directeur en trouva tous les livres re-vêtus ; travail immense, qui, réparti sur environ deux cent cin-quante mille volumes, demandait plus de soin et de persévérance que la transcription de tous les articles des anciens Catalogues. « Il ne s'agit pas, disaient encore ici les Conservateurs, d'une
» chose si simple et si facile qu'on pourrait se l'imaginer. Non-
» seulement l'usage est d'estampiller chaque volume en trois en-
» droits ; on marque aussi toutes les pièces dont un même volume
» est souvent composé ; on revêt du sceau de l'établissement toutes
» les planches et cartes annexées à un ouvrage. L'opération est dé-
» licate, elle demande la main exercée d'un homme de service et
» la surveillance d'un employé. » Je suis étonné que M. Naudet n'ait pas dit un seul mot de cette grande opération.

Mais ce n'est pas là tout ce que firent MM. Lenormant et Ma-gnin de 1837 à 1840, à l'aide du crédit extraordinaire. M. Lenor-mant aborda franchement la question du Catalogue ; il fit commen-cer des cartes, que chaque jour il revisa lui-même en présence des livres auxquels les cartes se rapportaient. En 1839 il y en avait plus de cinquante mille d'ainsi faites et censurées ; et l'on attendait que toutes fussent exécutées, celles du *résidu*, celles du *non porté*, celles du *dépôt légal*, celles enfin des Réserves de vo-

___

(1) « Dans le Département des estampes, ajoutaient les Conservateurs,
» il a été apposé depuis cinq ans 997,000 estampilles. »

lumes rares, pour rendre compte au Ministre de l'achèvement des travaux préparatoires, et pour solliciter l'autorisation de fermer le Département des livres imprimés durant six mois, ou même, s'il le fallait, une année entière. Alors on aurait en toute liberté revisé pour la dernière fois chaque article, et déposé chaque volume sur le rayon qu'il devait définitivement occuper, avec les marques littérale et numérale qui devaient distinguer la tablette et fixer le rang du livre sur cette tablette. Les portes de la Bibliothèque se seraient rouvertes le jour où l'on aurait envoyé les premiers feuillets du Catalogue achevé à l'imprimerie.

Tel fut le plan de M. Lenormant, plan déjà mis en voie d'exécution, plan dont le succès n'est pas resté un instant douteux pour celui qui l'avait conçu.

Il paraît que le nouveau Directeur refusa son approbation aux travaux commencés et au plan dont ces travaux étaient la première conséquence. Sans doute, il en jugea l'exécution dangereuse et difficile. On se borna donc, en attendant mieux, à poursuivre la transcription opiniâtre des cartes, qu'on ne revisait plus et qui s'entassaient chaque jour plus incorrectes, plus inutiles, plus embarrassantes. Enfin, un beau jour de l'an de grâce 1844, un des employés vint apprendre à M. le Directeur que les copistes de cartes avaient épuisé la série des anciens catalogues; que la besogne manquait — et qu'on ne savait quel profit on pourrait tirer de tout ce qu'ils avaient exécuté. C'est alors qu'il y eut chez M. Naudet un grand conseil pour aviser à la nécessité présente. D'un côté les engagements pris, — de l'autre les fonds disponibles, — puis, à la fin, le compte à rendre au Ministre, aux Chambres. A quel saint devait-on se vouer dans une situation aussi délicate?

Alors, m'a-t-on dit, M. Richard eut seul le courage d'ouvrir un avis. « Brûlez, dit-il, votre demi-million de cartes qui pourront bien
» vous embarrasser, mais non pas vous être utiles. Ce n'est pas
» le bulletin des *fonds portés* qu'il nous faudrait, c'est le re-
» levé de tous les *fonds non portés*. Or, avant de faire ce relevé,
» il faut continuer à placer les lettres distinctives sur tous les vo-
» lumes qui en sont dépourvus; et ces lettres placées, il faut réunir
» en un seul fonds tous ces fonds épars; les *résidus*, le *dépôt*
» *légal* et le grand *non porté*, tout cela formera près de quatre cent
» mille volumes. **La juxtaposition opérée, vous fondrez peu à peu**

3.

» ces trois séries en une seule qui restera classée dans l'ordre alpha-
» bétique subordonné aux *lettres* distinctives. Puis, vous chargerez
» un homme de lettres habile, un bibliographe exercé (le Départe-
» ment des livres imprimés en possède plusieurs) d'opérer la fu-
» sion de chaque lettre du *non porté* alphabétique dans les lettres
» du *fonds porté* méthodique. Enfin, quand tous les rayons de
» la Bibliothèque seront occupés par un seul *fonds porté*, vous
» commencerez le Catalogue. »

Ces avis, demandés par malheur fort tardivement, étaient assez
judicieux : sans doute le système qui conduisait directement à la rédaction d'un vrai Catalogue, système que j'exposerai tout à l'heure,
eût offert de plus grands avantages; mais personne ne songeait à le
présenter, et M. le Directeur, après avoir hésité quelques semaines,
prit enfin le parti d'approuver complétement le plan qu'un de ses
employés venait de tracer. M. Richard fut investi de tout pouvoir,
de ranger, déranger, transporter et rétablir, dans les domaines
du *Non porté :* M. Naudet lui délégua la responsabilité des opérations. Et tandis qu'on rapprochait les différents *non portés*,
et que vers le commencement de l'année 1847 on commençait
à réunir trois désordres en un seul désordre, M. Richard, homme
de mouvement plutôt que de cabinet, d'intelligente sagacité plutôt
que de vaste érudition bibliographique, voulait bien, la toise et le
crayon dans les mains, numéroter toutes les salles (1) et mesurer
la capacité de toutes les travées et de tous les rayons.

Aujourd'hui, voici l'état fort exact des travaux de classification
dans le Département des livres imprimés :

Le vrai Catalogue, loin d'être publié, loin d'être achevé, est
même loin d'être commencé.

La fusion qu'on a opérée de quelques in-folio des *non portés* dans
le fonds porté, s'est appliquée à un trop petit nombre de volumes
(cinq à six mille peut-être), pour mériter d'être comptée. Seulement,
le peu qu'on a fait sous ce rapport a été mal fait, puisqu'on a

---

(1) Il compta 150 salles, mais dans ce nombre il en est plus de la moitié
qui sont des cellules factices formées dans une seule galerie par des tablettes à jour, destinées à recevoir deux rangs mitoyens de volumes adossés
l'un contre l'autre. Il ne faut donc pas que MM. des **Contributions** prennent
le moindre ombrage de ce magnifique étalage de 150 salles.

augmenté par là les embarras nés du nombre exorbitant des sous-chiffres et arrière-sous-chiffres.

On n'est pas arrivé à la moitié de la fusion des différents *fonds non portés* en un seul *fonds non porté.*

On ne s'est pas préoccupé des réserves.

Enfin, on a copié, recopié et tricopié les anciens catalogues.

Que reste-t-il à faire ?

Ce qui restait en 1754, — en 1784, — en 1828, — en 1832, en 1837, — en 1840. Le *Catalogue de tous les livres imprimés de la Bibliothèque du roi.*

Avant de l'imprimer d'un seul coup ou partiellement, il faut le rédiger en entier ou en partie. Il n'y a rien de plus incontestable.

Or, le Catalogue de 1714, se rapportant à une collection de 60,000 volumes, ne peut plus servir de base à la description d'une bibliothèque de sept ou huit cent mille volumes. Cela saute aux yeux.

Si le système de classification adopté pour l'ancien catalogue est encore jugé le meilleur, il faut le conserver sans doute ; mais il faut joindre de nombreuses subdivisions aux divisions anciennes ; il faut multiplier le retour des séries numérales, afin de rendre l'emploi des chiffres de position plus facile et plus susceptible de modifications successives.

Voici quel était l'ordre de l'ancien catalogue :

Cinq catégories :

I. Théologie.
II. Jurisprudence.
III. Histoire.
IV. Philosophie.
V. Belles-Lettres.

I. — *Théologie.* Lettres distinctives *A*, *B*, *C*, *D*, *D*², savoir :

A. Écriture-Sainte ; Interprètes juifs et chrétiens ; Critiques sacrés.

B. Liturgie ; Conciles.

C. Pères de l'Église.

D. Théologiens des églises grecque et latine.

D²· Théologiens hérétiques.

II. — *Jurisprudence.* Lettres *E, E** et *F.*

E. Droit canon.

E.* Droit de la nature et des gens.

F. Le Droit civil.

III. — *Histoire.* Lettres *G, H, J, K, L, M, N, O, P, Q.*

G. Géographie; Chronologie; Histoire universelle.

H. Histoire ecclésiastique; Ordres religieux; Hérésies.

J. Histoire ancienne, grecque, byzantine, turque, romaine : Antiquités.

K. Histoire moderne d'Italie.

L. Histoire de France.

M. Histoire d'Allemagne, de l'Europe orientale et septentrionale.

N. Histoire de la Grande-Bretagne.

O. Histoire d'Espagne, de l'Asie, de l'Afrique et de l'Amérique : Voyages.

P. Mélanges; Histoire des hommes illustres.

Q. Histoire littéraire, journaux, bibliographies.

IV. — *Philosophie.* Lettres *R, S, T, V.*

R. Philosophes anciens et modernes. Logique, métaphysique, morale, physique.

S. Histoire naturelle.

T. Médecine, chirurgie, chimie, alchimie.

V. Mathématiques.

V. — *Belles-Lettres.* Lettres *X, Y², Y, Z, Z ancien.*

X. Grammaire. Éloquence.

Y². Mythologie. Poëtes. Fabulistes.

Y. Romans. Contes. Nouvelles.

Z. Philologues. Épistolaires. Polygraphes.

Z anc. Commerce. Pompes et Tournois. Arts dépendants des belles-lettres. Lettres.

Cette classification, dont j'ai reconnu plus haut les avantages, ne suffit plus aux habitudes de publication et de lecture de notre temps : certaines matières ayant pris un accroissement extrême aux dépens des autres, il devient indispensable de rétablir l'équilibre entre elles. M. Lenormant, dès qu'il porta son attention sur l'ordre de la Bibliothèque royale, avait compris avant nous l'opportunité d'un changement dans les classifications. Il voulait élever le nombre ancien de vingt-sept séries à celui de quarante et un, en ajoutant aux vingt-cinq signes de l'alphabet français les lettres composées : Æ, — Æ, — Æ, — OE, — puis les majuscules grecques qui différaient des lettres françaises, savoir : Γ, — Δ, — Θ, — Λ, — Ξ, Π, — Σ, — Φ, — Ψ, — Ω. — puis enfin deux signes complémentaires pour les Revues et la Bibliographie : ⊙ et ▢.

Mais je trouve un plus grand avantage à conserver exclusivement les signes des grandes divisions de Clément, pourvu que dans chacune on introduise, avec les subdivisions, les signaux de nouvelles séries numérales. Je retiendrais même le nom des cinq grandes classes, en modifiant ainsi leur expression :

I. La Philosophie.
II. La Jurisprudence.
III. Les Sciences exactes et appliquées.
IV. L'Histoire.
V. Les Beaux-Arts.

PREMIÈRE SECTION. — Philosophie.

A. Livres sacrés des chrétiens. *Aa*, Liturgie. *Ab*, Conciles. *Ac*, Pères de l'Église. *Ad*, Théologiens orthodoxes. *Ae*, Sermonnaires. *Af*, Canonistes. *Ag*, Computistes.

B. Hétérodoxie. *Ba*, Luthériens. *Bb*, Calvinistes. *Bc*, Hérésies diverses. *Bd*, Histoire ecclésiastique. *Be*, Vies des Saints et personnes dévotes.

C. Métaphysique. *Ca*, Psychologie, Magnétisme, etc. *Cb*, Magie, Cabale, Sorcellerie.

D. Morale. *Da*, Éducation. *Db*, Histoire de la Philosophie.

IIe SECTION. — Jurisprudence.

E. Droit naturel et Droit des gens. *Ea*, Constitutions sociales. *Eb*, Législation civile. *Ec*, Pouvoir judiciaire. *Ed*, Histoire de la Jurisprudence.

IIIe SECTION. — *Sciences exactes et appliquées.*

F. Mathématiques, Arithmétique, Géométrie, Algèbre. *Fa*, Cosmographie. *Fb*, Astronomie. *Fc*, Almanachs. *Fd*, Histoire des mathématiques.

G. Physique. *Ga*, Chimie. *Gb*, Géologie. *Gc*, Minéralogie. *Gd*, Histoire des végétaux. *Ge*, Histoire des animaux. *Gf*, Histoire naturelle.

H. Médecine. *Ha*, Chirurgie. *Hb*, Pharmacie. *Hc*, Recettes. *Hd*, Histoire de la médecine.

I. Arts et Métiers. *Ia*, Agriculture. *Ib*, Guerre. *Ic*, Marine. *Id*, Génie militaire. *Ie*, Génie civil.

J. Économie politique. *Ja*, Finances. *Jb*, Science du commerce (1).

IVe SECTION. — *Histoire.*

K. Géographie. *Ka*, Histoire des voyages. *Kb*, Voyages de long cours (2).

L. Histoire universelle. *La*, Histoire ancienne. *Lb*, Histoire moderne de l'Asie. *Lc*, Histoire moderne de l'Afrique. *Ld*, Histoire de l'Amérique.

M. Histoire de l'Europe. *Ma*, Angleterre. *Mb*, Italie. *Mc*, Espagne. *Md*, Allemagne. *Me*, Pays-Bas. *Mf*, Scandinavie, *Mg*, Slaves. *Mh*, Turquie. *Mi*, Grèce moderne.

N. Histoire politique et générale de France. *Na*, Topographie. *Nb*, Histoire des Provinces. *Nc*, Histoire des villes. *Nd*, Divisions ecclésiastiques. *Ne*, Annuaires et statistiques.

O. Dictionnaires historiques. Biographies.

Ve SECTION. — *Beaux-Arts et Belles-Lettres.*

P. Arts du dessin. *Pa*, Architecture. *Pb*, Sculpture, Peinture et Gravure. *Pc*, Décorations, cérémonies. *Pd*, Jeux divers.

---

(1) A l'histoire de chaque nation sera réunie celle de son commerce particulier.

(2) A l'histoire de chaque nation sera réunie celle des voyages faits dans son territoire.

Q. Musique. *Qa*, Oratorios. *Qb*, Opéras. *Qc*, Symphonies. *Qd*, Instruments. *Qe*, Chansons.

R. Logique et grammaire. *Ra*, Littérature grecque. *Rb*, Littérature latine.

S. Littérature italienne. *Sa*, Littérature espagnole. *Sb*, Littérature anglaise. *Sc*, Littérature allemande. *Sd*, Littérature slave et hollandaise (1).

T. Littératures orientales (2).

U. Littérature française. *Ua*, Littérature du moyen âge. *Ub*, Histoire littéraire des temps modernes. *Uc*, Éloquence. *Ud*, Critique. Plaidoyers. Éloges. *Ue*, Epistolaires. *Uf*, Polygraphes.

V. Poésie française.

W. Théâtre français.

Y. Romans. *Ya*, Satires. *Yb*, Jeux d'esprit. *Yc*, Monomanies (3).

Z. Recueils académiques. *Za*, Revues périodiques. *Zb*, Journaux religieux. *Zc*, Journaux politiques. *Zd*, Journaux scientifiques. *Ze*, Journaux littéraires.

&. Bibliographie. &*a*, Catalogues.

Voilà donc cent quinze à cent vingt retours de séries numérales qui seront encore triplées commodément, si l'on veut distinguer les trois formats *folio, quarto, octavo* dans chaque matière. Peut-être en suivant rapidement l'énumération que je viens de tracer, craindra-t-on qu'il ne se glisse aisément quelque désordre dans toutes ces subdivisions : mais le danger sera prévenu dès que les lettres et le rang des numéros dans chaque série seront tracés sur le Catalogue imprimé. Quand le dos du livre portera les signes *Lb*, 3897, et que les mêmes signes seront confirmés par le Catalogue, toutes les méprises partielles des employés, des hommes de service ou des conservateurs seront ou pourront être aisément réparées. Il n'en est pas de même aujourd'hui; les catalogues n'étant pas convenablement faits, et les livres pouvant, comme

(1) Dans la littérature de chaque nation seront compris la poésie, le théâtre, les romans, etc., de cette nation.

(2) Tous les ouvrages écrits dans les idiomes asiatiques, hébreu, arabe, persan, turc, indien, chinois, etc., sont réunis sous cette lettre.

(3) Sous ce titre sont compris les ouvrages sotadiques, etc.

j'ai dit, avoir été placés dans quatre ou cinq endroits différents.

Voici maintenant comment je puis justifier les modifications pro-
posées dans l'expression et dans l'ordre des cinq grandes catégories.

I. PHILOSOPHIE. — La recherche de la sagesse m'a semblé devoir comprendre la Théologie, la Métaphysique et la Morale. Cette
dernière pouvait cependant être placée dans la Jurisprudence ou
dans l'Histoire ; mais notre point de départ étant la Bibliographie,
nous devons considérer avant tout que la plupart des métaphysiciens ont en même temps abordé les questions morales; d'ailleurs
ces dernières études dérivent des théories religieuses ou métaphy-
siques, et n'en doivent pas être séparées.

Aux livres de philosophie, je réunis l'histoire des différentes
branches de cette science. L'Histoire ecclésiastique est, après tout,
le complément naturel des matières théologiques. Les livres saints,
base de la religion et qu'il est impossible d'en distraire, sont eux-
mêmes des monuments historiques, et l'on en peut dire autant
de l'Agiographie. Le même parti doit être pris pour la Philosophie
proprement dite, et pour tous les historiens de matières spéciales.
Ces historiens sont en effet nécessairement des mathématiciens, des
médecins, des jurisconsultes, des artistes ou des littérateurs. Une
autre considération bibliographique, c'est que l'Histoire proprement
dite est la plus abondante des cinq classes, et qu'on se trouvera
bien de l'alléger autant que possible. Si l'on objecte ce qui touche
aux Papes, représentants de l'Église et d'une puissance temporelle,
nous dirons qu'ils n'auraient aucun pouvoir temporel s'il n'étaient
chefs de l'Église, et que ce pouvoir rentre dans la série des choses
religieuses. Pour ce qui n'offre pas un caractère d'universalité,
comme les histoires d'abbayes et d'évêchés, il conviendra de les
renvoyer aux diverses topographies.

II. LA JURISPRUDENCE. — Les livres qui se rapportent à l'étude
du Droit, à la législation, au pouvoir judiciaire, sont d'un côté fort
nombreux ; de l'autre ils occupent l'attention spéciale d'une frac-
tion considérable des lecteurs. Voilà pourquoi nous en faisons une
classe entièrement distincte. Le Droit canon, qu'on devrait y
réunir, si l'on subordonnait la bibliographie à la logique, n'est
étudié que par les écrivains ecclésiastiques ou les théologiens. Il

ne faut donc pas le séparer des choses de l'Église, et c'est pourquoi nous le réunissons pour la première fois à la première classe.

III. LES SCIENCES EXACTES ET LEURS APPLICATIONS. — Elles réunissent encore une classe distincte d'écrivains et de lecteurs. Dans l'ancienne classification on les joignait à la métaphysique, à la logique et à la morale. L'expérience démontre que les moralistes, les logiciens et les métaphysiciens ont de plus nombreuses affinités avec la Philosophie ou la Littérature qu'avec les Mathématiques, base des *sciences exactes*. Nous en avons donc allégé celles-ci pour le plus grand avantage du bibliothécaire chargé de satisfaire les géomètres, les astronomes, les médecins, les économistes, les ingénieurs, les agriculteurs, etc., etc.

IV. HISTOIRE. — On a vu que nous enlevions à cette classe l'Histoire ecclésiastique et l'Histoire littéraire. Elle est encore assez considérable. Dans nos subdivisions, nous avons eu principalement égard à la quantité des volumes. La France seule en a dû fournir plus que le reste de l'Europe, et même les trois autres parties du monde.

V. BEAUX-ARTS ET BELLES-LETTRES. — De ces deux grandes séries nous en faisons une seule, les *Beaux-Arts* étant représentés d'une façon plus complète par le Département des Estampes et Cartes, auquel on ferait bien peut-être de réunir les matières musicales.

La base des *Belles-Lettres* doit être l'art de raisonner et de parler. Un autre motif nous décide encore à réunir la Logique et la Grammaire à la catégorie des Belles-Lettres : c'est que la plupart des éléments de la science grammaticale sont empruntés à la théorie littéraire. A l'article de chacune des littératures étrangères nous joignons ce qui touche, pour ces nations, au théâtre, à la poésie, à la critique, à la satire. Quant à la France, le grand nombre des productions nous a fait établir pour toutes ces matières autant de divisions séparées.

Une fois la méthode de classification adoptée, le Catalogue ne peut plus présenter de difficultés.

Mais d'abord il faut décharger le Directeur des fonctions de Conservateur des livres imprimés. Sur ce point, tout le monde est d'accord ; le Ministre, les Chambres, M. Naudet lui-même. M. de Salvandy, cet homme d'État si bienveillant pour nous, avait sagement établi que les fonctions de *directeur* et de *conservateur* devaient rester incompatibles ; on ne peut donc trop regretter que son successeur, l'illustre M. Villemain, n'ait pas conservé cette disposition dans le Règlement que nous suivons. Au milieu des devoirs d'une administration spéciale très-compliquée, le Directeur, fût-il le mieux propre du monde aux travaux de la nature de ceux que nous réclamons, ne pourrait trouver le temps de les diriger et de les exécuter lui-même.

A la deuxième place de Conservateur rendue vacante par la démission volontaire de M. Naudet, on devra appeler un Bibliophile judicieux et honorable, qu'on chargera particulièrement de ce qui intéresse la conservation des livres, tandis que M. Magnin demeurera chargé de tout ce qui touche à leur communication. On comprend que M. Magnin ne puisse en même temps présider aux travaux du Catalogue, et satisfaire la permanente armée des solliciteurs. Nous savons tous avec quel zèle, avec quelle urbanité il ne cesse de remplir ses devoirs de Bibliothécaire ; jamais un littérateur, un lecteur n'a réclamé vainement le secours de son goût délicat, de son érudition fortement nourrie. Mais l'esprit pratique de M. Magnin l'a toujours détourné de faire deux choses qui auraient demandé deux volontés, deux âmes tout entières. Pour son futur collègue, qu'on le prenne en dehors ou dans l'intérieur de la Bibliothèque, il devra s'engager à consacrer exclusivement tout son temps à préparer, rédiger et publier le Catalogue. Ce qu'il fera, il en devra compte au Conservatoire ; et par l'intermédiaire du Directeur, le Ministre sera instruit de la marche et de tous les progrès de l'opération.

Le Conservateur - Rédacteur demandera pour auxiliaires un homme de service et deux ou trois employés, dont l'intelligence et l'exactitude lui seront connues.

Il ne fera pas le moindre usage des cinq cent mille cartes exécutées précédemment, ni des bulletins de Clément considérablement augmentés. Il ne demandera pas la clôture de la Bibliothèque, même pour huit jours; mais il se contentera de placer à l'entrée des salles l'avertissement suivant :

« *Le public est prévenu que la communication des ou-* » *vrages de théologie et de philosophie est interrompue par* » *suite des travaux du Catalogue.* »

Et cette interruption ne devra cesser que pour être reportée sur la section suivante, la Jurisprudence.

En même temps, tous les volumes de la section de théologie et de philosophie seront redemandés aux emprunteurs du dehors et rentreront dans la Bibliothèque.

Cela fait, le Rédacteur s'attachera dans tous les fonds *non portés* aux volumes marqués *A, B, C, D, R* : il les séparera de toutes les autres lettres. Il tirera des fonds de *Réserve*, et de la vaste collection des *Pièces et brochures diverses*, tous les ouvrages qui rentreront dans la même cathégorie philosophique.

Quand il aura bien mesuré l'étendue de la place dont il a besoin pour développer tous les livres de théologie et de métaphysique, il commencera ses intercalations systématiques, de façon que la première partie des matières réponde à la place actuellement occupée par la *Théologie* du *fonds porté*, et que la dernière partie de l'ancien et nouveau porté se réunisse dans le local supplémentaire.

Une fois la fusion opérée, il procédera à la transcription des titres faite sur les volumes mêmes; et, d'après la méthode systématique proposée plus haut, on distribuera les lettres majuscules, les subdivisions minuscules et les numéros d'ordre.

Il aura soin d'indiquer sur le Catalogue par un signe particulier (comme un astérisque), les *doubles* du même ouvrage; s'il y a plusieurs doubles, on tracera un nombre égal d'astérisques. Tous ces doubles seront mis à part et réservés, pour qu'on puisse y recourir quand le premier exemplaire sera en lecture, ou pour l'usage du prêt au dehors, ou pour les prévisions du remplacement (1).

Aussitôt le travail fait, quand on aura obtenu la certitude morale (2)

____

(1) Il est bien entendu qu'on ne considérera pas comme *doubles* les exemplaires dont la reliure offrirait un intérêt particulier.

(2) Cette certitude n'est pas aussi difficile à acquérir qu'on le suppose;

qu'aucun volume n'a été oublié, on commencera l'impression.

Et dès que sera terminée l'impression de la section de Philosophie, le Catalogue en sera mis à la disposition du public ; et les livres seront désormais demandés avec les indications du nouveau Catalogue. Il en sera de même des autres sections, une fois que l'impression en sera terminée.

Quelles objections solides pourra-t-on apporter à notre plan ? qui pourrait, une fois les travaux commencés, en retarder l'excellent effet ? Ni l'emplacement, ni les bras, ni la bonne volonté, ni l'argent ne manqueront, si tant est qu'on ait un autre besoin d'argent que pour l'acquittement des frais d'impression. En effet, l'opération du Catalogue se portant à la fois sur un cinquième de la collection, il sera permis de distraire du service public un Conservateur adjoint, plusieurs employés et un homme de service, sans que les frais d'administration reçoivent d'augmentation sensible.

Mais, objectera M. le Directeur, comment songer à l'impression du Catalogue, quand chaque jour de nouveaux ouvrages pénètrent dans la Bibliothèque ? Je réponds : en formant un fonds supplémentaire des acquisitions nouvelles. On dressera l'état de la Bibliothèque telle qu'elle était à la fin de l'année 1846. C'est à partir de là que commencerait le supplément qu'on pourra faire imprimer tous les cinq ans ou tous les dix ans. Et, même dans le XXᵉ siècle, quand les augmentations seront considérables, on pourra faire une édition nouvelle du Catalogue, rendue facile par celle qu'on pourrait, en commençant aujourd'hui, achever en 1850.

Mais en tout cas, on aura beau faire et beau dire, il faut un Catalogue universel imprimé : 1° pour conserver les collections ; 2° pour maintenir les livres dans un ordre convenable, intelligible ; 3° pour garantir la responsabilité de l'administration ; 4° pour arriver à l'amélioration du service public ; 5° pour établir dans le rang des employés la spécialité des devoirs, et pour former ainsi de bons bibliothécaires ; 6° pour ôter au public tout motif, tout prétexte de

il ne faut qu'ouvrir le premier volume de chaque ouvrage des *fonds non portés*. On peut ainsi passer aisément en revue plusieurs milliers d'ouvrages par jour ; c'est donc l'affaire sérieuse et l'occupation constante d'un ou deux mois. Pour les catégories suivantes, la tâche se trouvera de plus en plus légère.

plaintes; 7° enfin pour attendre sans trop d'effroi le grand mouvement que la reconstruction de l'édifice rendra bientôt nécessaire.

Il n'est pas inutile d'indiquer maintenant quelles réformes on pourrait introduire dans le Département des imprimés, à la suite de la publication du Catalogue.

Voici d'abord comme aujourd'hui se fait le service public. Pour ce qui concerne la Théologie et la première partie des Belles-Lettres, le Conservateur consulte les six volumes imprimés; pour les ouvrages publiés depuis 1750, il cherche le nom des auteurs de chaque ouvrage sur les marges du *Catalogue* manuscrit des *noms d'auteurs*, et c'est encore là qu'il s'enquiert de tout ce qui touche à la plus grande partie des Belles-Lettres, à la Jurisprudence, aux Sciences exactes et à la Philosophie. On se sert fort peu du Catalogue des matières, achevé en 1744, en raison de la difficulté d'y retrouver les livres *portés*, et de l'omission de tous les livres des fonds *non portés*. Dès lors il est aisé de comprendre que pour les ouvrages anonymes le service des bibliothécaires est hérissé de difficultés. Prenons un exemple : On demande l'*Antiquité dévoilée*, ouvrage de la société philosophique du dernier siècle. D'abord, ce livre n'est pas *porté*. Il est anonyme, on ne le trouvera donc pas dans le Catalogue d'auteurs. — Cherchez, dira-t-on, dans la Théologie hétérodoxe. Absent. —Cherchez dans G. (*Histoire ancienne*). Absent ! — Cherchez dans R. (*Philosophie*). Absent! —Cherchez dans Y² (*Mythologie*). Absent! — Cherchez dans les *Réserves*. Absent, toujours Absent! Que faire alors, sinon dire au solliciteur impatient que le livre n'est pas en place ou qu'il est perdu?

Mais admettons l'existence du Catalogue imprimé. Les livres du Salon de lecture sont refondus dans les matières générales, et toutes les belles galeries de la Bibliothèque sont rendues à la foule studieuse. Le Catalogue forme 15 ou 30 volumes in-4° ou in-fol. Cinquante exemplaires sont réunis dans une première salle, sur des rayons qui permettent de distinguer chaque exemplaire de celui qui l'avoisine. Sous les rayons, des tablettes en forme de pupitres sont disposées; près d'elles, de l'encre, de la poudre, des plumes, des carrés de papier. Chaque amateur consulte la portion du Catalogue dont les matières l'attirent. S'il n'y trouve pas le livre qu'il cherche, il s'éloigne sans avoir à se plaindre, ou bien après avoir averti les Conservateurs que tel livre dont il a besoin n'est pas sur les catalogues et qu'il souhaiterait qu'on en fît l'acquisition. S'il trouve le volume désiré, il en trace l'indication qu'il va présenter au bureau des Conservateurs : l'ordre est donné aux gens de service ; le livre bien indiqué est rapidement trouvé ; car on ne l'a pas cherché dans dix inventaires ou bien à dix endroits différents ; il est à l'indication donnée par le Catalogue, et si déjà quelque lecteur plus vigilant l'a demandé, on peut le plus souvent recourir aux doubles qui portent les mêmes indications et dont l'astérisque du Catalogue indique la présence dans la collection.

Depuis longtemps, le service public de la plupart des Bibliothèques est organisé de cette façon en Angleterre : on est encore à lui chercher un seul inconvénient.

J'ai dit comment MM. les Conservateurs pouvaient se partager la besogne commune : il serait bon aussi d'appliquer la spécialité des devoirs aux fonctions de Conservateur-adjoint. Les matières générales formant cinq grandes catégories, ils seraient au nombre de cinq. L'un serait attaché à la Philosophie chrétienne et profane ; — les autres à la Jurisprudence, — à l'Histoire, — aux Sciences, — aux Beaux-Arts. A chacune des catégories seraient encore accordés un, deux ou trois employés, suivant l'importance de la division, lesquels répondraient du maintien de l'ordre parmi les volumes et signaleraient les absences et les lacunes.

D'autres employés sous la direction et la surveillance des conservateurs seraient comme aujourd'hui préposés au service du dépôt légal, à l'insertion et à l'arrangement préparatoire des volumes nouvellement rentrés. Enfin, un employé hors ligne, qui pourrait même avoir aussi le rang de conservateur-adjoint serait particulièrement chargé de ce qui concerne la reliure.

De cette façon, chacune des personnes attachées au service des Livres imprimés aurait sa part d'influence et de responsabilité dans l'ordre général. Attachés à des devoirs précis, ils trouveraient chaque jour une occasion nouvelle de mettre en relief leur zèle ou leur nonchalance, leur intelligence ou leur incapacité, leur esprit d'ordre ou de désordre, leur urbanité ou leur brusquerie. Ceux qui seraient chargés de la surveillance des fonds spéciaux apprendraient à connaître certaines classes de livres, à distinguer les éditions et ce qui fait le prix d'un exemplaire. Ils s'attacheraient à toutes ces productions de la science, de l'art, de l'esprit et du génie. Mais pour se complaire dans leurs fonctions ils auraient besoin d'un goût naturel pour les lettres, pour les livres, et ce goût et les études qui en sont la conséquence tourneraient également au profit de l'établissement.

D'ailleurs la répartition du travail entre tous les fonctionnaires du Département serait la meilleure base d'une administration satisfaisante. C'était encore une des pensées qui avaient présidé à l'ordonnance de M. de Salvandy. Aujourd'hui, le règlement n'admet aucun genre de spécialités : les Employés ne sont plus que des scribes ou des messagers muets, agiles. Forcés, pendant les cinq heures de service, d'aller et venir sans cesse, le plus actif est contraint de recommencer vingt fois le voyage que le plus lent exécute une ou deux fois seulement. Malheur à lui s'il ose ressentir une véritable passion pour les livres; et si, durant ses courses bibliographiques, il ne peut se défendre de mordre à la grappe qu'il va cueillir! Il n'évitera pas la réprimande de M. le Directeur, dont pour les choses de ce genre la surveillance est admirable. Triste perspective cependant pour un jeune homme qui le plus souvent a sollicité dans la Bibliothèque un emploi, dans l'espérance d'y trouver les moyens d'étudier et d'apprendre! Dans l'état de désordre des inventaires, et dans la crainte de voir les plus habiles employés se former parmi les lecteurs une clientèle inquiétante, on a dû leur défendre de parler à ces lecteurs et de répondre à leurs demandes. Comme des soldats en exercice, ils ne doivent savoir que chercher, apporter, donner au Conservateur, et se taire, *sans murmurer,* comme dirait le vaudeville. Mais avec le Catalogue imprimé, on verra présider plus de bienveillance aux travaux de la Bibliothèque. Quand les livres seront en place, quand les curieux en auront eux-mêmes indiqué le titre et la position, les hommes de service pourront suppléer les Employés, et plus actifs parce qu'une part de leur mérite doit être dans leurs jambes, ils satisferont mieux le public. Cependant, les Employés placés vers le haut bout des grandes tables de travail seront chargés d'une partie de la surveillance, ou, comme dans la section des Manuscrits, de rédactions particulières de catalogues; d'autres feront les recherches spéciales : tous apprendront ainsi les devoirs de Conservateur; et quand une place deviendra vacante, le Ministre n'aura plus de bonnes raisons pour en gratifier un étranger.

Il faut parler aussi du prêt des livres au dehors. La nouvelle administration a fait sur ce point une réforme plus spécieuse que réelle ; cependant elle n'a rencontré que des approbateurs et c'est avec une certaine défiance que je vais troubler ce concert unanime.

Avant 1832, ce prêt était considéré comme une mesure exceptionnelle. En principe, il était même établi que nul livre entré dans la Bibliothèque ne devait en sortir; et s'il arrivait qu'un conservateur jugeât bon de passer sur cette défense, il engageait sa responsabilité. Le pauvre Clément mourut de chagrin, en 1712, pour avoir ainsi confié quelques volumes à un dépositaire infidèle.

Ce principe n'était pas aussi mauvais qu'on le suppose aujourd'hui : mais la pratique en fit sentir les inconvénients. M. Van-Praet exclusivement renfermé dans les salles de la Bibliothèque y fut poursuivi par un nombre encore assez grand de solliciteurs. Il prêta à ses bons amis les bibliophiles, puis aux savants que leur grand âge, ou leur position sociale recommandaient à ses égards; puis le nombre des emprunteurs se multiplia avec les années de M. Van-Praet, avec l'affaiblissement de sa mémoire, avec l'encombrement croissant du fatal *non porté*. Je me souviens qu'en 1832, on disait qu'il y avait dans Paris trois cents personnes qui jouissaient du privilége d'emprunter nos livres. Trois cents personnes ! Quel abus intolérable ! Ce qui pourtant l'était davantage, c'était dans les souvenirs et dans les registres du vénérable Van-Praet, un désordre qui ne permettait de réclamer avec autorité la rentrée d'aucun volume.

Or voici comme on réforma l'abus. Le prêt était un privilége, on le convertit en droit : un employé fut désigné pour inscrire les emprunts, et les conservateurs furent moralement déchargés des conséquences de ces emprunts. Pour être admis au nombre des emprunteurs, il fallut : 1° alléguer la publication de quelque volume; 2° ne pas être logé en hôtel garni; 3° être présenté comme solvable par un des dix-neuf ou vingt membres du Conservatoire, ou recommandé par un membre des deux Chambres, à moins que l'on ne fût étranger. Dans ce dernier cas, il suffisait d'être autorisé, par un des ministres résidants auprès du gouvernement français.

En quelques années, grâce à cette réforme, les trois cents de M. Van-Praet ont été remplacés par les deux mille de M. Naudet.

Il est vrai, je m'empresse de le dire, que le registre d'emprunt est parfaitement tenu; et que si des livres se perdent, on peut reconnaître l'époque de la perte causée par ces emprunts. Mais est-ce là tout le bien qu'on devait souhaiter? et ne voyez-vous pas que si vous permettez à deux mille personnes d'écrémer constamment la Bibliothèque, il ne reste à ceux qui viendront chaque jour s'asseoir dans votre *salle de lecture*, que les rebuts, les misères de la plus admirable collection du monde? Tout homme de lettres, tout magistrat, tout diplomate ayant droit d'emporter chez lui les instruments de son travail, qui d'entre eux viendra perdre son temps en attendant, souvent durant une heure, le livre qu'il lui faudra consulter sur une table encombrée de liseurs subalternes? Venir travailler à la Bibliothèque sera donc le privilége le moins envié, celui des étudiants et des ouvriers. Il offrira la preuve humiliante d'un défaut absolu de titres littéraires, de position sociale ou d'amis considérables. D'un autre côté, dans l'état mal ordonné des Catalogues, c'est pour les gens d'esprit une façon naturelle de se recommander à la reconnaissance des conservateurs que d'éviter la nécessité de solliciter à brûle-pourpoint tout livre qui n'a pas été descendu dans le *salon de lecture*, surtout si le livre est anonyme. C'est un fait encore assez souvent renouvelé, malgré l'obligeance et le zèle des Bibliothécaires, que la présence d'un quémandeur, dressé devant le bureau, attendant froidement dix minutes, puis témoignant son impatience quand un quart d'heure, une demi-heure, une heure se sont passés avant l'arrivée du livre qu'il a demandé. Tout lui est acquilon; pour les emprunteurs externes, tout doit sembler zéphyr. Il leur suffit d'envoyer leur valet de chambre avec une note de livres, deux, quatre ou six volumes, et de le renvoyer le lendemain pour prendre ces livres. « Ils sont prêts: on les a trouvés tous et sans peine. Compliments à M. l'emprunteur! »

En présence de ces nouveaux résultats du prêt, laquelle vous semble meilleure de l'ancienne ou de la nouvelle règle? il est permis d'être embarrassé. Peut-être en détruisant l'abus eût-il été facile de mieux régler l'usage. On pouvait maintenir dans l'exception la classe des emprunteurs, et réclamer d'eux la preuve sérieuse et précise des motifs qui les empêchaient de profiter des séances publiques. Les écrivains illustres, retenus par leur âge ou par leurs infirmités au coin de leur foyer ; les hommes d'État forcés d'étudier le matin ou le soir des questions qu'ils ont souvent besoin de résoudre pendant la journée, auraient seuls, pour ainsi dire, composé la classe privilégiée. D'un autre côté, les Conservateurs dévoués avant tout aux lecteurs présents qui n'emportent rien, n'auraient jamais étendu la faculté des emprunts extérieurs au delà de la série des livres doubles. Cette série, dit-on, comprend cent cinquante mille volumes : la perspective demeurait encore assez honnête. Mais dans l'état présent des choses, tout cela ne tient pas au bon vouloir des Conservateurs, et pour satisfaire à toutes les réclamations, à toutes les demandes, il faut mettre le Catalogue à la libre disposition des lecteurs, il faut un Catalogue imprimé.

Telles sont les réformes qu'on pourrait apporter dans le service intérieur du Département des livres imprimés. Mais il me reste une dernière tâche, et ce n'est pas la moins pénible. L'honorable M. Naudet, investi d'une charge importante ; interprète auprès du Ministre de tous les vœux des savants, pour la plupart illustres, qui composent le Conservatoire de la Bibliothèque ; seul représentant aux yeux des étrangers d'un admirable établissement qui fait l'envie de l'Europe, M. Naudet paraît regretter de n'avoir pas, sur la disposition intérieure de chacun de nos Départements, un pouvoir assez absolu, une prépondérance assez décisive. Il ne lui a pas suffi de pousser, à l'égard de ses prédécesseurs, la sévérité jusqu'aux dernières limites et de faire de la Bibliothèque, avant son arrivée, le tableau le moins flatté et le moins flatteur ; il a décliné la responsabilité des allégations dont, suivant lui, les départements des Antiques, — des Manuscrits, — et des Estampes, Cartes et Plans, pourraient être l'objet, et par là il a fait à la malveillance une provocation directe qui ne pouvait rester stérile. Si M. Naudet eût été animé pour ses collègues de la bienveillance qu'ils étaient en droit d'attendre, il eût mis un empressement naturel à rappeler au Ministre du Roi les travaux de conservation exécutés dans toutes les parties de la Bibliothèque. Dans la section

des Antiques, il eût signalé la récente Description de la Collection
des médailles gauloises, due à l'érudition patiente de M. Adolphe du
Challais. Il eût parlé des autres travaux d'inventaire confiés l'année
dernière à M. de Longperrier. Dans le département des Estampes,
il eût annoncé l'achèvement des bulletins du grand Catalogue de
la section géographique, ouvrage dont le Conservateur lui avait
exposé le compte le plus détaillé, le plus exact ; il eût parlé des immenses travaux de M. Duchesne aîné, auquel le public rend volontiers grâces de l'ordre parfait qui règne dans la communication et
la conservation d'une collection de plus de treize cent mille estampes. Enfin, au département des Manuscrits, il eût rappelé que
les conservateurs, sur l'invitation du Ministre transmise par M. le
Directeur, avaient achevé le catalogue de tous les fonds orientaux
et latins. Il eût ajouté qu'outre l'inventaire général, le département s'était enrichi d'un catalogue raisonné de *tous* les manuscrits
italiens, d'un catalogue raisonné de *tous* les manuscrits espagnols,
deux ouvrages imprimés aux frais du gouvernement ; que M. Mil-
ler avait continué et achevé la description des manuscrits grecs du
Supplément ; qu'enfin un des conservateurs-adjoints avait, de son
propre mouvement, publié six volumes d'une description raisonnée
des manuscrits de tous les fonds français. Tous ces travaux incessants avaient été plus d'une fois l'objet de l'attention du Conservatoire, et le Président du conservatoire avait pu fréquemment, je
n'en doute pas, profiter de ces communications pour faire ressortir
le zèle de ses collègues et les bons effets de sa propre influence di-
rectoriale.

Mais dans le *Rapport au ministre*, M. le Directeur, après
avoir raconté l'exécution de ses cinq cent trente mille cartes et de
ses cent cinquante mille bulletins, le mesurage et le numérotage
des salles, se contente d'ajouter :

« Comme conservateur du département des Imprimés, je suis,
» pour tout ce qui a dû s'y faire, responsable de moitié avec mon
» collègue (1). Mais en qualité de Directeur, *il faut bien qu'on*
» *le sache,* n'ayant aucun pouvoir de contrôle sur les travaux in-
« térieurs des autres départements, retenu en dehors par le droit

(1) On a demandé comment alors il se faisait que le collègue de M. Naudet
n'eût pas signé le Rapport.

» *exclusif* des conservateurs sur leurs *gouvernements* respec-
» tifs , je ne saurais encourir l'imputation de ce qui s'y fait ou ne
» s'y fait pas. »

Le défaut de bienveillance perce ici visiblement. Au temps de
M. Dunoyer, on accusait les conservateurs de ne pouvoir vivre
avec leur directeur ; aujourd'hui , c'est M. le Directeur qui refuse
de vivre avec les conservateurs. Qu'est-ce , en effet , que cette
prétendue crainte d'*encourir une imputation ;* comme si quel-
qu'un de nous avait à craindre des imputations ! Puis à quel propos
ce vilain mot est-il jeté ? A propos de l'emploi que le département
des Imprimés a pu faire du crédit accordé. On sait trop bien
cependant que le seul Département dont le public n'ait jamais
cessé de se plaindre et dans lequel il ait constamment signalé
l'absence de catalogues , est celui des imprimés. Comment donc
s'est-il fait que la diversion , involontaire ou préméditée , ait tourné
contre tous les Conservateurs au profit du Directeur ? C'est qu'en
lisant une exposition très-embrouillée des travaux exécutés dans la
section des livres imprimés , on éprouvait bien d'abord l'impatience
de mal comprendre et d'avoir à dire comme un des héros de
Florian :

Je *lis* bien quelque chose,
Mais je ne sais pourquoi je ne distingue rien.

Mais en voyant bientôt M. Naudet regretter de n'avoir pu con-
trôler les travaux de ses collègues, on plaignait le pauvre Directeur ; on accusait les Conservateurs de n'avoir pas éclairé sa lan-
terne ; on demandait contre eux vengeance. De là , les dispositions
défavorables de MM. les membres de la commission du budget
contre l'administration de la Bibliothèque royale. Quand les représentants de la nation blâment , on doit chercher à se justifier.
Nous prierons donc MM. les Députés de nous dire de quelles attributions nouvelles ils voudraient gratifier M. Naudet pour lui
donner les moyens de faire des rapports satisfaisants.

Le Directeur de la Bibliothèque royale est investi dans cet établissement de toute l'autorité que l'homme le plus illustre et le plus
accoutumé aux grandes charges pourrait jamais y souhaiter. Il est
logé dans les anciens et somptueux appartements du duc de Ne-
vers ; par l'ordonnance du 30 septembre 1839, il a été chargé de

surveiller l'ensemble de l'établissement et la généralité du service, et de présider le conseil d'administration (art. 8). Il est nommé par le Roi sans que le Conservatoire soit appelé même à donner son avis sur l'opportunité du choix (art. 6). Il peut proposer au Conservatoire toutes les modifications dont le règlement *intérieur* de la Bibliothèque lui paraît susceptible (art. 21). Il convoque le Conservatoire quand il le juge convenable. Sa voix est prépondérante en cas de partage (art. 22). Il correspond seul avec le ministre, soit pour lui transmettre le résultat des délibérations du Conservatoire, soit pour l'instruire des besoins généraux de l'établissement, de la répartition des logements, etc., etc. (art. 23). Il a la police générale. Il *doit*, soit d'après l'avis d'un conservateur ou *de son propre mouvement*, prescrire toutes les mesures d'ordre et *provoquer* tous les *travaux d'entretien* et de *précaution* nécessaires à la sûreté des dépôts que renferme la Bibliothèque (art. 24). Toutes les dépenses sont soumises à son visa. Il a *exclusivement l'administration des fonds extraordinaires*, et tous les trois mois il doit rendre compte au Ministre de l'emploi de ces fonds (art. 26). Il est tenu *de veiller* à ce que les travaux prescrits par les conservateurs s'exécutent avec régularité; il en *donne l'état* au Ministre dans un rapport trimestriel (art. 27). Il est *spécialement chargé* d'assurer l'ordre et l'activité du service public (art. 28). Enfin il nomme et révoque tous les gens de service (art. 29).

Dans le Conservatoire viennent se débattre toutes les propositions d'achat, toutes les mesures jugées convenables pour l'entretien des collections et les besoins du service. On y remet au Directeur la note trimestrielle de tous les travaux entrepris ou terminés.

On y annonce que, dans telle section, on a relié tant de volumes, dans telle autre on a commencé tel inventaire, et fini tel catalogue. Tel jour un employé, un surnuméraire a manqué à ses devoirs; et le Conservatoire saisi de la plainte charge le Directeur d'instruire le Ministre des torts de l'employé ou du surnuméraire. Si le Ministre demande un travail dans un des départements, et que les conservateurs mettent à l'exécuter quelque négligence, le devoir du Directeur est de rappeler les vœux de l'autorité supérieure, et d'informer le Ministre des lenteurs qu'on met à s'y conformer, des motifs qu'on allègue ou qu'on n'allègue pas pour s'en dispenser.

Je ne parle pas ici des appointements de M. le Directeur, qui sont pour le moins doubles de ceux des conservateurs. Mais il me sera permis de rappeler que ces conservateurs sont tout simplement les savants les plus illustres de l'Europe : on les nomme Raoul-Rochette, Hase, Jomard, Champollion, Lenormant, Walcke-naër, Reinaud, Duchesne, Stanislas Jullien, Guérard... Et ce n'est pas en parlant de la façon dont de tels hommes remplissent leurs devoirs que M. Naudet aurait dû se défendre aussi vivement d'*encourir l'imputation* de ce qu'ils font ou ne font pas.

Non, Monsieur le directeur, le droit des conservateurs sur leurs *gouvernements* n'est pas un droit exclusif. Ces fonctionnaires sont tenus de rendre compte au conseil que vous présidez de toutes leurs opérations et de ce qui se passe d'important dans les précieux Cabinets confiés à leur zèle, à leur science, à leur intégrité. S'ils proposent d'acheter ce qu'on leur offre, ils doivent compte de leurs raisons ; s'ils refusent de le proposer, ils doivent encore justifier les motifs qu'ils ont eu de s'abstenir. Le Conservatoire est une sorte de livre ouvert de l'actif et du passif des conservateurs, livre dans lequel figure le compte de toutes les mesures d'ordre et d'accroissement qu'ils ont prises. Tous les huit jours vous avez le droit d'interpeller chacun de vos collègues, et le procès-verbal transmis chaque semaine au Ministre par votre intermédiaire, offre l'expression de vos demandes, de leurs réponses et de vos observations personnelles. Cela posé, quelle demande avez-vous transmise inutilement au Conservatoire ? quelle mesure d'ordre dont vous auriez poursuivi l'exécution a-t-on repoussée ? quelles explications avez-vous sollicitées que l'on vous ait refusées ? Vous êtes, dites-vous, retenu en dehors des autres départements par le droit exclusif des conservateurs ? Nous prenons acte de cet hommage rendu aux dispositions du Règlement que tous nous devons suivre ; mais c'est dans le Conservatoire que se résument et se contrôlent tous les actes administratifs ; et si tous les comptes de travail que vous avez demandés en plein conseil d'administration, vous ont été fournis comme au Directeur, avez-vous toutes les raisons du monde de déclarer que vous n'aviez aucun pouvoir de contrôle sur les travaux intérieurs des Départements ?

Cette déclaration, disons-nous, a eu tout le triste succès que l'on pouvait en attendre. Quelques jours après, le journal *la Presse* s'indignait de l'impuissance à laquelle était réduit M. le Directeur de la Bibliothèque du Roi. Il conjurait les Chambres et le Ministre de faire cesser un ordre de choses intolérable, dont M. Naudet n'avait pu s'empêcher de signaler la gravité. De son côté le *National* se montrait plus véhément encore, et l'on devait s'y attendre, dans l'expression de la même indignation. On en va juger :

« Les réticences très-calculées de cette phrase (le directeur ne
» peut encourir l'imputation de ce qui se fait ou ne se fait pas)
» signifient que M. Naudet, connaissant parfaitement les désordres
» introduits par la paresse et, dit-on, un *plus vilain vice* dans
» certains départements de la Bibliothèque royale, croit devoir se
» décharger de toute participation même indirecte aux actes d'au-
» trui. C'est son droit. Mais M. Naudet aurait dû s'expliquer un
» an plus tôt. La Chambre avertie eût peut-être alors pris soin de
» rechercher le sens de cette phrase. Voici qu'il s'offre une occa-
» sion nouvelle de l'éclairer à ce sujet. Une question qu'il s'agit de
» traiter avant toute autre, c'est de savoir si le régime *anarchi-*
» *que*, cause de tant d'abus anciens ou nouveaux, sera maintenu ou
» si les conservateurs seront soumis à l'autorité réelle, effective
» d'un directeur général, chargé non-seulement d'apurer les comp-
» tes de la Bibliothèque, mais de présider à tout le service, et
» investi d'un pouvoir assez efficace pour être en mesure de répri-
» mer les *écarts individuels*. Nous reviendrons sur cette affaire. »

J'ai souligné les mots qui, dans cet article, dépassaient mon intelligence. Pour le reproche de *paresse*, moins fréquemment adressé aux membres de l'Académie des Inscriptions qu'aux enfants dans nos colléges, il est bien difficile de s'en défendre. Mais pour un *plus vilain vice* et des *écarts individuels* il m'en coûtera peu de déclarer sur l'honneur que je ne saurais deviner ce qui pourrait en être le prétexte parmi nous. Supposons néanmoins un instant qu'une personne investie de hautes fonctions dans la Bibliothèque du Roi se rende jamais coupable de forfaiture à l'honneur : en ce cas-là nous rappellerons au *National* que le droit et le devoir du Directeur serait d'avertir le Ministre, et de solliciter le châtiment exemplaire de l'homme qui aurait pu s'en rendre coupable.

S'agirait-il de quelque atteinte à la morale publique ? Dans le cas où le moindre scandale en résulterait dans le service de la Bibliothèque, il serait encore du devoir du Directeur d'en avertir le Ministre et de provoquer la sévérité soit du Roi, soit du Conservatoire. Dans ces deux cas le Règlement donne au chef de l'administration le plein pouvoir de réprimer et d'arrêter. Que voudrait de plus le *National?* Et s'il arrivait que des académiciens et des littérateurs du nom, de l'âge et de la réputation de ceux qui remplissent nos places de conservateurs, s'il leur arrivait, dis-je, de démentir le glorieux exemple de toute leur vie en blessant soit les lois de l'honneur, soit les lois de la morale publique, faudra-t-il autoriser M. le Directeur à réprimer lui-même ces *écarts individuels?* À cette exception près, je ne vois pas la nouvelle investiture d'autorité que puissent ruminer la *Presse* ou le *National* en faveur de M. Naudet. Cherchons encore cependant. Peut-être, le *National* veut-il transmettre au Directeur l'initiative de toutes les propositions d'achats de médailles, de cartulaires, de poésies du moyen âge, de dyptiques, de portulans, de nielles? Nous lui ferons observer que pour distinguer la valeur de toutes ces choses, il n'est pas mal à propos d'en avoir fait l'objet d'études spéciales, et que pour avoir l'honneur d'être conservateur d'un de nos *gouvernements*, il faut avoir appris lentement, sérieusement, judicieusement, à reconnaître ce qui en fait la véritable richesse, et ce qu'il convient d'y ajouter.

Enfin, si le *National* et *la Presse*, réunis contre nous pour la première fois de leur vie, demandent seulement une augmentation de traitement pour le Directeur de la Bibliothèque, nous admettrons que cet accroissement pourrait ajouter à la splendeur de l'établissement, et nous l'approuverons d'autant plus volontiers que, sans doute, on penserait en même temps à mettre la situation des autres employés en rapport avec les études qu'ils doivent avoir faites, et les travaux qu'on devrait leur confier. Puisse donc M. le Directeur obtenir cette récompense de son zèle et de sa bonne volonté, sinon des résultats obtenus pendant les huit années qui viennent de s'écouler! mais il trouvera bon que nous y mettions une seule condition :

IL PUBLIERA LE CATALOGUE.